문학과지성 시인선 527

# 날개 환상통

## 김혜순 시집

문학과지성사

**문학과지성사에서 펴낸 김혜순의 시집**

또 다른 별에서(1981)
아버지가 세운 허수아비(1985, 개정판 1994)
우리들의 陰畵(1990, 개정판 1995)
나의 우파니샤드, 서울(1994)
불쌍한 사랑 기계(1997)
달력 공장 공장장님 보세요(2000)
한 잔의 붉은 거울(2004)
당신의 첫(2008)
슬픔치약 거울크림(2011)
피어라 돼지(2016)
어느 별의 지옥(2017, 시인선 R)
지구가 죽으면 달은 누굴 돌지?(2022)

**문학과지성 시인선 527**
**날개 환상통**

초판  1쇄 발행  2019년 3월 31일
초판 12쇄 발행  2024년 4월 1일

지 은 이  김혜순
펴 낸 이  이광호
주     간  이근혜
편     집  김필균 이민희 조은혜 박선우
펴 낸 곳  ㈜**문학과지성사**
등록번호  제1993-000098호
주     소  04034 서울 마포구 잔다리로7길 18(서교동 377-20)
전     화  02)338-7224
팩     스  02)323-4180(편집)  02)338-7221(영업)
전자우편  moonji@moonji.com
홈페이지  www.moonji.com

ⓒ 김혜순, 2019. Printed in Seoul, Korea

ISBN 978-89-320-3530-7 03810

이 도서의 국립중앙도서관 출판예정도서목록(CIP)은 서지정보유통지원시스템 홈페이지
(http://seoji.nl.go.kr)와 국가자료공동목록시스템(http://www.nl.go.kr/kolisnet)에서
이용하실 수 있습니다. (CIP제어번호: CIP2019011378)

문학과지성 시인선 527

# 날개 환상통

김혜순

**시인의 말**

우리 엄마
우리 아빠

이제 보니
우리는
작별의 공동체

2019년 3월
김혜순

# 날개 환상통

차례

**시인의 말**

1부
사랑하는 작별

# 새의 시집

이 시집은 책은 아니지만
새하는 순서
그 순서의 기록

신발을 벗고 난간 위에 올라서서
눈을 감고 두 팔을 벌리면
소매 속에서 깃털이 삐져나오는
내게서 새가 우는 날의 기록
새의 뺨을 만지며
새하는 날의 기록

공기는 상처로 가득하고
나를 덮은 상처 속에서
광대뼈는 뾰족하지만
당신이 세게 잡으면 뼈가 똑 부러지는
그런 작은 새가 태어나는 순서

새하는 여자를 보고도
시가 모르는 척하는 순서

여자는 죽어가지만 새는 점점 크는 순서
죽을 만큼 아프다고 죽겠다고
두 손이 결박되고 치마가 날개처럼 찢어지자
다행히 날 수 있게 되었다고
나는 종종 그렇게 날 수 있었다고
문득 발을 떼고
난간 아래 새하는
일종의 새소리 번역의 기록
그 순서

밤의 시체가 부푸는 밤에
억울한 영혼이 파도쳐 오는 밤에
새가 한 마리
세상의 모든 밤
밤의 꼭지를 입에 물고 송곳같이 뾰족한
에베레스트를 넘는 순서

눈이 검고 작아진 새가
손으로 감싸 쥘 만큼 작아진 새가

입술을 맞대어도 알아듣지 못할 말을 중얼거리는 새가
새의 혀는 새순처럼 가늘고
태아의 혀처럼 얇은데
그 작은 새가
이불을 박차고 내 몸을 박차고
흙을 박차고 나가는 순서

결단코 새하지 않으려다 새하는 내가
결단코 이 시집은 책은 아니지만 새라고 말하는 내가

이 삶을 뿌리치리라
결단코 뿌리치리라

물에서 솟구친 새가 날개를 터는 시집

시방 새의 시집엔 시간의 발자국이 쓴 낙서

세상에서 제일 무거운 연필을 들고
가느다란 새의 발이 남기는 낙서

혹은 낙서 속에서 유서

이 시집은 새가 나에게 속한 줄 알았더니
내가 새에게 속한 것을 알게 되는 순서
그 순서의 뒤늦은 기록

이것을 다 적으면
이 시집을 벗어나 종이처럼 얇은 난간에서
발을 떼게 된다는 약속
그리고 뒤늦은 후회의 기록

# 고잉 고잉 곤

새가 나를 오린다
햇빛이 그림자를 오리듯

오려낸 자리로
구멍이 들어온다
내가 나간다

새가 나를 오린다
시간이 나를 오리듯

오려낸 자리로
벌어진 입이 들어온다

내가 그 입 밖으로 나갔다가
기형아로 돌아온다

다시 나간다

내가 없는 곳으로 한 걸음

내가 없는 곳으로 한 걸음

새가 나를 오리지 않는다
벽 뒤에서 내가 무한히 대기한다

쌍시옷
쌍시옷


알고 싶지 않다 당신의 마음
알고 싶지 않다 당신의 처절

도시는 아무것도 알고 싶지 않다
하지만 나에게 여러 넘버들을 매겨주었지

나는 이 도시에서 더 이상 자리를 차지하지 않겠다
더 이상 먹지도 않겠다

부리처럼 입술에 조개껍데기를 물고
물고기의 피를 얼굴에 바르고
바람의 손목을 두 손에 나눠 잡고

웃어주겠다
증발하겠다
은퇴하겠다

나는 도시의 눈에 띄지 않겠다

얼마나 오래 걸었을까? 아이스크림집 빵집 책방 국숫
집 아케이드를 잘근잘근 씹어서 먹으면
　　뜨거운 해변이 목구멍에서 쏟아질 것 같다


　　나는 이제 줄이 긴 새 떼가 될 거다
　　이 도시를 칭칭 감을 거다
　　그러면 새 떼가 말할 거다


(다음에 서로 어울리는 항목끼리 줄을 그으세요)

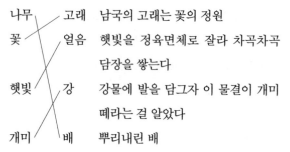

나무　　　고래　　남국의 고래는 꽃의 정원
꽃　　　　얼음　　햇빛을 정육면체로 잘라 차곡차곡
　　　　　　　　　담장을 쌓는다
햇빛　　　강　　　강물에 발을 담그자 이 물결이 개미
　　　　　　　　　떼라는 걸 알았다
개미　　　배　　　뿌리내린 배


도로들이 일어서게 한 다음
자동차를 공중에 떠우고
새 떼가 공중에 뜬 강물로 활강해 갈 거다

금빛 가는 실로 검은 바다에 수를 놓던 한 마리 새가
바다를 물고 하늘 높이 솟구쳤다가 그만 탁 놓아버리면
물결이 도시를 뒤덮을 거다
내 공책의 행과 행 사이로 물이 들어올 거다

새들은 발바닥에 쌍시옷이 두 개 달렸다
(한강의 다리 난간 위 새 한 마리
왼발에 미래
오른발에 과거
었, 겠, 었, 겠, 었, 겠
엉덩이를 흔들며 걸어가고
내 일기엔 쌍시옷이 쌓인다)

(나는 도시 한복판에서 갑자기 이 세상이 너무 좁다고 폐
소공포증에 걸린다)

그리하여 나는 공책에 긴 줄을 내리그으며

새는 누구에게도 먼저 말 걸지 않는다
물론 나도 그러겠다
얼굴에 깃털을 기르겠다
날아가겠다

라고
쓴다

# 날개 환상통

하이힐을 신은 새 한 마리
아스팔트 위를 울면서 간다

마스카라는 녹아 흐르고
밤의 깃털은 무한대 무한대

그들은 말했다
애도는 우리 것
너는 더러워서 안 돼

늘 같은 꿈을 꿉니다
얼굴은 사람이고
팔을 펼치면 새
말 끊지 말라고 했잖아요
늘 같은 꿈을 꿉니다
뼛속엔 투명한 새의 행로
선글라스 뒤에는
은쟁반 위의 까만 콩 두 개

(그 콩 두 개로 꿈도 보나요?)

지금은 식사 중이니 전화를 받을 수 없습니다
나는 걸어가면서 먹습니다
걸어가면서 머리를 올립니다
걸어가면서 피를 쌉니다

그 이름, 새는
복부에 창이 박힌 저 새는
모래의 날개를 가졌나?
바람에 쫓겨 가는 저 새는

저 좁은 어깨
노숙의 새가
유리에 맺혔다 사라집니다

사실은 겨드랑이가 푸드덕거려 걷습니다
커다란 날개가 부끄러워 걷습니다
세 든 집이 몸보다 작아서 걷습니다

비가 오면 내 젖은 두 손이 무한대 무한대

죽으려고 몸을 숨기러 가던 저 새가
나를 돌아보던 순간
여기는 서울인데
여기는 숨을 곳이 없는데

제발 나를 떠밀어주세요

쓸쓸한 눈빛처럼
공중을 헤매는 새에게
안전은 보장할 수 없다고
들어오면 때리겠다고
제발 떠벌리지 마세요

저 새는 땅에서 내동댕이쳐져
공중에 있답니다

사실 이 소리는 빗소리가 아닙니다
내 하이힐이 아스팔트를 두드리는 소리입니다

오늘 밤 나는
이 화장실밖에는 숨을 곳이 없어요
물이 나오는 곳
수도꼭지에서 흐르는 물소리가
나를 위로해주는 곳
나는 여기서 애도합니다

부들부들 떨리는 손으로 검은 날개를 들어 올리듯
마스카라로 눈썹을 들어 올리면

타일에 떨어지는 빗소리가 나를 떠밉니다

내 시를 내려놓을 곳 없는 이 밤에

# 새의 반복

저 나무 꼭대기에 앉은 새가 하는 얘기는 다 내 얘기다
내가 거짓말한 것 도둑질한 것 등등 소문에 대한 얘기
가 아니라
내가 태어나서 죽었다는 그런 흔한 얘기다
내가 그만하라고 다른 얘기 좀 하라고 해도 다 내 얘기
만 하는 새
일평생 같은 하이힐만 신고 돌아다니는 여자의 구두
굽 소리같이 똑같은 얘기
그래서 나에겐 부러뜨리고 싶은 새가 있다

깨끗한 A4용지를 한 묶음 사서
한 장 한 장 구겨서 버리는 시인처럼
나에겐 꺾고 싶은 새가 있다
마주 보는 거울 안의 한 가문 식솔들 같은 내 시들을
구겨놓으면
거기서 날개를 푸드덕거리는 새들의 얘기가 들렸다
너는 태어나서 죽었다고
그러면 나는 이런 가위 같은 주둥아리들을 보았나
문서 세단기를 사서

시집들을 낱낱이 썰어버렸는데

나중에 문서 세단기 뚜껑을 열어보니 아예 거기 새들
이 가득 앉아

한 줄 한 줄 글을 읽는 양 내 얘기를 하고 있었다

심지어 서로서로 다른 얼굴까지 갖춰 달고

암컷들은 알까지 품고 내 얘기를 하고 있었다

하늘을 날 생각은 하지도 않고

한 그루 땅콩나무 아래 땅콩들처럼

땅속에 모여 앉아 내 얘기를 하고 있었다

그래서 내가 태어나서 죽었다는 그런 흔한 얘기 말고

다른 얘기 좀 하라고

이를테면 내가 늘 같은 하이힐만 신고 출근하고 퇴근
하지만

같은 공원 같은 나무 아래에 이르면

늘 왈츠를 한번 추고 간다는 얘기 같은 거

그 나무 아래서 달을 안아보는 동작을 여러 번 해본다
는 얘기 같은 거

그런 거 좀 하랬더니

나는 새 속에서 태어났다고 했다

그 반대가 아니라

나는 새 속에서 죽었다고 했다

그 반대가 아니라

내가 태어나서 죽었다고 했다

# 날개 냄새

상담자가 말했다
머릿속에서 새를 떠올리세요
자 어떤 새입니까?

작고 흽니다
무게나 색이 없고 흰 배경에 스며들다 나왔다 합니다
날면 외롭고 걸으면 무섭습니다
보호해줘야 하는데
보호해줘야 하는데
(이건 내원자의 중얼거림)
겨드랑이는 분홍색
그렇다고 흰 새가 휨 휨 휨 하고 우는 건 아닙니다

사실 모두 거짓말입니다
방금 말한 흰 새는 내 앞에 흰 손수건처럼 앉아
공손하게 차를 마시는 새입니다
내가 나무라자 그럴 수밖에 없었다고 하는 새입니다
나의 정신이상과 폭력적 언사에 대한 책임을 묻는 힐
난에

자신은 그럴 수밖에 없었다고 합니다

나는 시방 자리를 많이 차지합니다
나는 저 흰 새의 무덤이 될 참입니다
매번 그럴 수밖에 없었다니
그때마다 나는 높이 날고 싶었습니다만
가슴이 커서 숨이 찹니다
날개를 펼치기만 해도 누구를 쳐서 넘어뜨릴 것 같아
사실 날개를 편 적도 없습니다
아아 나는 날개가 너무 커서 태어날 수가 없는 새입니다

내 날개에서 자궁의 침냄새가 납니다
냄새나는 새가 납니다

내 뒤(뭘 하고 계심?)에서
상담자가 말했다
자 그 새를 가슴에 넣고 안아주세요

다음 날

상담자는 말했다
머릿속에서 새를 떠올리세요
자 어떤 새입니까?

나는 어디서나 태어나는 새입니다
땀구멍만 있어도 태어날 수 있습니다
아무리 투명한 새라도 너무 크면 몸이 부끄러우니까
아마 날아다니는 것 중 하루살이가 제일 부끄럽지 않
을 거예요

내 뒤(뭘 생각하고 계심?)에서
상담자가 말했다

자 그 하루살이를 안아주세요

# 찬란했음 해

네 몸에서 내가 씨를 심은 새들이 울퉁불퉁 만져졌음, 해

네 피가 새의 피로 새로 채워졌음, 해

네 발걸음이 공중으로 경중경중 디뎌지는 나날

바보 멍청이 네가 네 몸의 문을 찾지 못하는 나날

내가 되고 싶은 네가 네 몸에서 나가고 싶어 안달했음, 해

습한 여름에도 발아래 땅이 한없이 멀어지는 그런 가을이 온 것 같고

네 목구멍이 목마름으로 타들어 가듯

네 몸의 새가 타올랐음, 해

키득키득 네 입술 밖으로 연기가 새어 나오고

내 몸에 앉고 싶은 새가 더 더 더 달아오르는 나날

쿵쿵 울리는 심장의 둥지에서

쿵 소리 한 번에 새 한 마리씩

미지근한 네 두 눈의 창문 밖으로 언뜻언뜻 아우성치
는 새들이 엿보이는
　그런 나날

불붙듯 날개가 크게 돋아났는데도 돌 속인 그런 나날

가슴 위에 얹은 네 오른손이 마치 네 엄마처럼

새들로 꽉 찬 네 가슴을 지그시 누르고

매일 그런 자세로 나를

네 안의 새들이 찬란했음, 해

# 새는 물음표 모양으로 서 있었어요


외출에서 돌아와 방문을 열자
벽이 몇 걸음 걷다가 날아오르는 것 같다

포스트잇을 가득 붙인 방

나는 바닥에 누워 노란 집을 생각한다
액자 같은 창문을 열고 그 안에서
아이들 한 명씩 고개를 내미는 집

포스트잇 한 장이 팔랑 흔들리고
한번 들어온 바람이 나가지 못한다

오늘은 내 목구멍에 꽂힌 펜이 새 우는 소리를 냈다

검은 머리칼을 덮은 지붕들이 펄럭거리는 창문

나는 깃털을 뽑아 땅에 떨어뜨리지 않고 왜 여기다 붙
이는가
알은 깨어지고 왜 거기서 털도 없는 것이 나오는가

너는 왜 이름 지어 부르던 고양이를 강물 속에 처넣고
바캉스를 떠나는가
　부끄러우면 죽어버릴 것이지 피 묻은 깃털을 뽑는가


　힘껏 노래를 부른 다음 다 같이 숨을 들이쉬고
　다시 내뿜지 않는 합창단원 아이들
　거인이 검푸른 외투를 벗어
　그 아이들의 머리를 덮고 내리누르네
　내 손에 남아 있는 그 무거운 외투의 감촉


　냉동실 문에 붙어 있는 포스트잇의 숨소리가 들리는 방


　나는 노란 포스트잇으로 가득한 방에서 말했다


　그곳은 하루가 너무 길어서
　눈을 한 번 깜박일 동안이면
　이곳이 다 지나간다지요


　깃털을 다 뽑은 다음엔 뭘 하면 될까요

물음표들이 물새들처럼 늘어선 방

평생의 주문에 걸린 파도들처럼
벽이 자맥질하는 방

새로 태어난 새들이 물결 위에 앉아 부리로
노란 깃털을 하나하나 쓰다듬는 방

## 바닥이 바닥이 아니야

발목에 묶인 은줄이 빛난다
엄마는 태어나자마자 나에게 새장을 입혔지만

발이 푹푹 빠지는 트램펄린 밤
흰 오로라처럼 사라지는 토끼 모양 그림자
트램펄린 밤 속으로 나는 튀어 오른다

누가언제왜어떻게어디서무엇으로는 설명할 수 없는
얼굴과 마주 보고 튀어 오른다
우리 엄마를 낳아서 소녀로 기르고
시집보내고 나를 낳게 하고
이제 할머니를 만들어서
병들어 눕게 한 달빛이 은줄 위에 빛난다
나와봐! 나와봐! 네 면상을 치고 말 테다
나는 달을 향해 두 손을 뻗는다

우리 엄마는 호스피스에 두고 나는 트램펄린 춤
엄마는 보러 가지 않고 달을 무찌르는 춤
내 춤은 추면서 베는 춤이야

쿵쿵 큰 소리 나는 춤

트램펄린 밤
트램펄린 산
트램펄린 숲
폭폭 토끼 그림자 늪 속으로 빠지는 밤
저들과 싸울 거야
저들을 벨 거야

저 산을 유혹할 거야
이것 봐 이것 마셔봐
한여름의 장마 주스
더위 끝 태풍 스쿼시

저 숲에게 권할 거야
이것 봐 이것 마셔봐
숲에 사는 거인을 유혹하기 위한
찬바람 도는 가을비 배합 과즙

나는 하늘과 땅 사이를 베고 싶다
엄마가 누운 곳만 빼고 다 베고 싶다

검은 벨벳 장막처럼 내리는 빗줄기를 베고 싶다
툭툭 떨어지는 달빛 아래 제라늄을 베고 싶다

왜 엄마를 태어나게 하고
왜 죽게 하는 거야

매일매일 내 몸을 조여오는
이 새장을 벗지 못하는 나는

전적으로 바닥에 의지해 사는 나는

트램펄린
트램펄린

그리하여 이 옷은 파멸을 부르는 옷일까
레이스 커튼이 달린 새장을 입은 새는

도약
도약

하지만 내 춤의 안무는 슬픔이 하는 걸까 불안이 하는
걸까

아침이면 시작되는 거짓말
도움닫기 높이뛰기
저녁이면 시작되는 거짓말
곤두박질 앞구르기

두 발에 매달린 은줄이 찰랑거린다

이 지구는 자전과 공전이라던데
내 치마처럼 훌러덩 돌기만 한다던데
왜 죽어? 왜 죽어?

온몸을 찌르는 잉크처럼 나를 적시는 달빛
이 빛을 다 베면 죽음이 멈출까

새장을 입은 채 나는 싸운다
저 숲과
저 산과
저 밤과

저들을 다 베면 우리 엄마가 살까?

# 비탄 기타

지하 탄광을 위문하러 온 「백조의 호수」 무용단
소름 돋은 살을 파고드는 투명 어깨끈을 본 순간
우리의 몸을 파고드는 우주에서 온 통증 같은 것

녹슨 귀걸이를 흔들며 서로의 무릎이 닿게 합니다

단지 팽팽하게 묶은 서로의 철선을 피크로 몇 번 그은
것뿐인데

저 건너 도시의 불이 하나씩 켜집니다

서로의 몸에 손을 얹을 때 철조망에 손을 얹을 때처럼
뼈에 닿는 작디작은 스크래치

작은 주삿바늘로 소녀의 얼굴을 콕콕 찌를 때 이럴까

끌어안은 두 몸이 물에 녹는 알약처럼 퍼집니다

어디까지 내려가봤습니까?
어디까지 발을 뻗어봤습니까?

먼 조상에서 먼 후손까지 다 아파봤습니까?
어디까지 죽어봤습니까?

리듬은 아직 발이 바닥에 닿지 못하게 하는 공중부양
수용소입니다

커플은 잠시 이륙하고 커플의 통증도 잠시 이륙하고
통증의 리듬도 잠시 이륙합니다

건너편 산에서 훅 끼쳐오는 통증의 메아리를 타고 이
륙합니다

서로의 무릎을 붙이고 수박 속의 수박씨처럼 새빨간
핏물 속에 떠 있고 싶을 때가 있습니다

도시에 불이 다 켜질 때까지 서로의 철조망을 피크로
긋고 싶을 때가 있습니다

백조 커플의 흰 스타킹이 점점 더 피로 물듭니다

# 이별부터 먼저 시작했다


새와 새가 대화를 나누었다. 나무 위에서 지붕 끝에서 피뢰침을 사이에 두고 대화를 나누었다. 너무 추운 날이었고 몸은 따뜻한 방 안에서 왠지 울고 있었다. 새의 대화 속엔 몸이 없었다. 몸에서 떨어진 두 손처럼 새 두 마리가 서로를 바라보았다.

새는 이별부터 먼저 시작한다는데, 이별과 이별은 만나서 무슨 얘기를 나눌까. 새는 몸속에서 몹시 떨었던 적이 있다. 파닥거린 적이 있었다고나 할까. 새는 이미 이별부터 시작했으므로 미래가 없다고 했다. 새는 미래를 콕 찍어 먹고, 미래를 콕 찍어 먹고 정겹게 대화를 나누었다.

해탈한 스님은 늘 같은 나무 아래, 새는 늘 같은 스님 머리 위에 있었다.

새와 몸은 서로가 존재한다는 것은 알고 있다고 했다. 나는 몸이 너무 아픈 날 새 한 마리가 하늘에서 떨어지는 것을 본 적이 있다.

몸은 새가 다녀가는 것을 느낄 때가 있다고 했다. 오늘은 새가 내 몸을 데리고 제일 어두운 골짜기로 갔다. 몸이 소리 없이 비명을 지르고 식은땀을 흘리며 눈을 번쩍 떴다. 새는 가버렸다.

금요일엔 저녁에 길이 막히고 한강대교 위 자동차 안에서 꼼짝을 못 하고 있었다. 엄마가 눈 수술을 끝내고, 두 눈에 붕대를 감은 채, 홀로 누워 있었다. 새가 먼저 날아가 엄마의 두 눈을 쓰다듬었다.

그때 엄마가 내 이름을 불렀다 했다.

# 얘야 네 몸엔 빨대를 꽂을 데가 많구나


검은건반 흰건반이 마구 섞이는 저녁
장님이 해를 바라볼 때 같은 박명의 시간
시간으로부터 빠져나와 이륙을 감행해서


흰 수염의 피아노 수선소 굴뚝까지


얘야 이 우주에 아직 멈추지 않은 음악 같은 게 있다는
게 얼마나 좋으니


이륙하면서 잠깐 뇌리를 스치는 생각!
저 아래 사람들은 한평생 뭘 저리 열심히 만들다 가는
걸까?
별도 하나 공중에 띄우지 못하면서
밥이나 하고
야채나 씻고
동그란 바퀴나 만들면서
가수에게 편지나 쓰고


내 음악은

욕조만 한 우주를 만들어서
풍덩! 하는 것
그런 다음
어느 새의 투명한 유서처럼
떠오르는 것


허공에 지은 새집은 누가 매일 그렇게 빨리 지워버리는지


비가 와도 젖지 않는데 비가 오는 나라
아빠가 와도 아빠가 없는데 아빠가 오는 나라


속속들이 빈틈없이 팽팽한 신경줄로 엮은
피아노들은 지독히 이빨이 아프지만


아픈 손으로 썼어요, 이 편지를
먼 훗날 같이 개봉해요, 끝나지 않을 이 편지를


사막에

3백 년 만에 비가 내리자
3백 년 동안 기다린 씨앗의 키가
하늘 끝까지 솟구쳐 오르고

이 한없이 슬픈 원경
비 맞는 사막을 동그란 망원경으로 동그랗게 모아 보
듯이
피아노 한 대

그러나 박수 소리 찬란하게 후드득 멀어지는
시간의 장례를 알리는 침묵의 심벌즈는 닫히고
2백조 킬로미터 떨어진 글리세 581c 행성이
힘차게 주먹 쥔 중력의 손가락들을 모두 펼치는 시간

호수 바닥에 숨겨진 시체처럼 엎드렸다가 머리를 흔
들어 물을 털면서 일어서다가 온몸이 저며진 생선회처럼
채 친 무 튀긴 당면 위에 누워 귓바퀴에 매화꽃 두르고
숨 헐떡거리다가 소파에 고꾸라져 내팽개쳐진 옷처럼 가
느다랗게 숨이나 쉬다가 밥이나 하고 야채나 썻고 두 발

에 쇠사슬이 묶여 발을 끌며 피 흘리며

　우적우적 씹은 것들을 게워놓고 떠날 시간은 돌아오
기 마련 삼단 같은 머리를 기른 올챙이가 개구리의 꿈속
으로 떠나야 할 시간은 돌아오기 마련

　얘야 네 몸엔 빨대를 꽂을 데가 많구나
　흰 수염은 계속 떠들기 마련

　그러나 지금은 흰건반 검은건반 두드려서
　서늘하게 풍덩! 피아노에 묶인 새들을 풀어줄 시간

# 10센티

간혹 천사는 갇힌다
미쳐서

나는 남의 알을 품었다고 쓴다

사전의 글자들 위에 까맣게 쓴다
새장에 앉아 쓴다

손을 잡아보면 알아요
당신은 새가 아니군요
당신은 더러운 손을 내미는군요

간수가 오면 나는 내 혀를 두꺼운 책 속에 감추어둔다

어느 아침은 높이 날았고
어느 아침은 깊이 떨어졌다고
쓴다
떠나고 싶을 때 떠날게요라고
쓴다

동터올 때 부리로 쓴다

가다가 서고
가다가 울고
나는 내가 만든 세상에서는 멀리 갈 수 있답니다
노래도 아니고
메아리도 아니고
아주 멀지만 자유만 있는 장소에서
나는 그곳을 나는 새입니다

겨우 지상에서 10센티 떠오른 채

새장엔 미친 새

어느 밤하늘 날아가는데
너희의 화살이 심장을 꿰뚫어
푸르르푸르르 불안 장애 경련 장애
그 때문에 새가 된 새

어느새
새가 된 새

그 칼날의 울음 같은 소리
미친 게 분명한 새

그 새의 신발끈은 풀어져 땅에 끌리고
그 새의 머리끈은 풀어져 측백나무를 칭칭 감고

하지만 나는 나는 것이 좋아
먼 길 떠나는 것이 좋아

모국어 사전에 혀가 물린 천사는
입속이 뜨거울 정도로 상냥하답니다라고
쓴다

# 오감도 31

오늘은 없는 이 날개
— 이상, 「날개」

김해경의 시에선 13인의 아해가 도로를 질주하고
김혜순의 시에선 아해들 머리 위로 13마리의 새가 하
늘을 질주한다
13마리의 새가 땅에선 보이지도 않을 높이를 날아간다
8일째 먹지도 자지도 않고 날아간다
너무 높아서 까만 하늘을 날아간다
제1의 새가 무섭다고 그런다
제2의 새는 내가 죽었냐고 그런다
제3의 새는 설사가 터진다고 그런다
제4의 새는 한번 길게 울더니 떨어져버린다
제5의 새의 입에서 초음속 기도문이 토사물처럼 흐른다
제6의 새는 자신을 화살이라고 생각하겠다고 하더니
부리를 다물고 공중에서 자살하는 법을 생각한다
이렇게 무자비하게 13마리를 다 쓰고 싶지만
참을 만큼 참은 새들에 대한 예의가 아니기에
견딜 수 없어서 같은 문장을 13번 반복한 다음

종이를 뒤집어 아까 적은 문장과 반대로
질주하지 않아도 좋다고 적은 김해경에 대한
예의도 아니기에 그만 쓰기로 한다


사실 새들이 다 무서워하지 않는지도 모른다
무서워하는 제1번 새를 제2번 새가 무서워하고
제2번 새를 제3번 새가 이렇게 계속 무서워하는지도
모른다
그래서 결국 무서워하는 국가가 되는지도 모른다
이도 저도 아니고 그냥 날아가니까 날아가는 건지도
모른다


조금만 더 가면 우리의 조국 대한민국이 있고
방긋이 문을 열어놓은 깨끗한 바닷가
새집들이 모음처럼 입을 벌리고 있다고 하고
어서 오세요 하얀 앞치마를 입은 방들이 진즉부터 기
다리고 있다 하니
날아가는 건지도 모른다

대한민국의 웨스트코스트에 도착한 새 12마리 앞에
광활한 간척지가 나타난다
꾀죄죄하고 퀭한 새들이 전망대 위에 볼링 핀처럼 앉
아 있다
먹지도 자지도 않은 지 9일째
너무 굶어서 몸속의 피도 말라버린 새들 앞에
바다는 없다

간척지의 신기루가 붉게 물든 손뼉처럼 새들을 잡아
챈다

제1의 새가 고개를 아스팔트에 처박는다
제2의 새가 고개를 아스팔트에 처박는다
예의상 나도 더 이상 반복하지는 않겠다

내 얼굴에서 새가 떨어진다 그러자 풍경도 떨어진다

# 안새와 밖새

차가운 바이올린 소리
쨍하게 얼어붙은 강물 위를 날아가며
얼음 밑에서 헤엄치는 물고기를 내려다보듯
새가 우리를 내려다보는 거지

그 새가 창문에 부딪히자
내게 일어난 증상

우유에 떨어지는 코피처럼
눈 내린 광장에서 흩어지는 사람들 사이에서

춥지? 하면 아니! 하고
나란히 걸어가는 두 사람
바이올린 요람인가 너와 나
같이 열렸다 같이 닫히는

두 몸 사이가
오히려 살아 있는 듯
너무 귀해서 만질 수도 없는

투명하고 뭉클한 새가 우리 사이에 있는 듯

위에서 보는 마음이 아프다
식탁 위의 전등과 싱크대 위의 전등 스위치가 나란히
붙어 있는 것처럼
나란히 걸어가는 두 사람

책 표지를 넘기면 나타나는 하얀 빈 종이 위에
진통제로 몽롱한 선생님이 쓰신 글씨 두 개처럼

이 세상에도 저세상에도 문이란 게 하나도 없다면 얼
마나 좋을까

나는 이제야 느낀다
새가 날지 않으면 세상이 거울처럼 납작해진다는 것
그리하여 나의 새는 잠들어서도 날아간다는 것

그 새가 다시 유리창을 쪼는 동안
내게 일어난 증상

마치 얼음 밑에 갇힌
물고기를 바라보는 것처럼
걸어가는 너와 나
공중에서도 볼 수 있다는 것

# 새들의 영결식

영결식에서 조사弔辭를 듣고 있다
나는 창밖을 바라본다
언젠가 창가에 앉아 있는데 새들의 대화가 들려와
그 이름 화들짝새처럼
진짜 화들짝 놀란 적이 있다
새들은 말했다
나한테만 이렇게 높은 방을 주면 어떡해?
몇 층인데?
13층
그래? 나는 지하야
너무 놀라서 진짜 그만 나도 새가 되어버린
그 기분을 여러분은 알까?
내가 날개를 치는가 했더니
날개와 몸이 분리되는 그 기분도 여러분은 짐작할 수
있을까?
아니면 몸뚱어리만 땅에 철퍼덕하는 그 기분
새들의 지하는 어디일까?

저 조사의 내용은 상투적인 언어의 보고다

나는 경청하려고 애쓴다

그녀는 말한다

가슴에 와닿아 가슴에

나는 생각한다 가슴 어디에? 심장에? 아니면 폐에?
아니면 갈비뼈에?

나는 가슴에 와닿는다는 말을 싫어한다

나는 다른 생각을 하려고 해본다

수심 1백 미터를 잠수하는 검은무리물떼새에 대해

나는 귀를 후벼 판다 조사가 안 들린다 안　　들린다

나는 그녀를 흉내 내본다

한 단계 더 기 기 깊이 내려가면

발표자의 입술이 모이를 쪼는 새 같다

나는 그만 그녀에게 쉿 쉿 쉿 하고야 만다

추모객이 전부 나를 향해 고개를 돌린다

그녀는 죽은 시인의 시신을 쪼는 새 같다

그녀는 그것이 찬양인 줄 아는가 보다 자못 열렬하다

우리의 탁자 위 접시에는 새 한 마리씩 올려져 있다

접시 옆에는 칼도 있다

우리는 돌아가신 이의 새 얼굴을 모두 다르게 알고 있

나 보다

접시마다 새가 다 다르다
나는 옆자리의 시인에게
저 사람 왜 저렇게 떨어? 하고 필담을 한다
그러자 그가 원래 그런 년이야
새의 살이 낀 이빨을 번득이며 나에게 속삭인다
내 귀에 톡 톡 톡 망자의 관을 쪼개는 것 같은 소리들이
새 떼처럼 덮쳤다가 물러난다
그러자 나는 여기 그런데 여기 거기 여기
왜 내 목소리가 우물의 물처럼 한곳을 맴돌지?
왜 내가 조사하는 저 여자처럼 말하지?
반쯤 쪼개진 새들이 장례 순서지 사이에서 얼굴을 든다
때때로 인간의 얼굴을 한 새가
4페이지와 6페이지 사이에서 먼지를 일으킨다
새의 가면을 쓴 웨이터들이 포도주를 따른다
머릿속에서 피가 흐르는 소리 쉿 쉿 쉿

나는 의자 밑에 내려가 앉아 있고 싶은데

조사는 아직도 계속된다

불우한 어린 시절은 쉿 쉿 쉿

작가의 불행을 긍정적으로 만들어버리는 작가 특유의
쉿 쉿 쉿


내 목구멍에서 피가 갸르릉거리는 쉿 쉿 쉿

그 피가 망가진 텔레비전처럼 끓는 쉿 쉿 쉿


나는 요즘 잠을 못 잔다. 새처럼 얼굴을 옆으로 돌리고
잠깐씩 존다. 음식도 먹지 않는다. 내 머릿속에서 음식
이름들이 사라진다. 어디서나 새들이 솟구쳐서 그들의
목소리를 받아 적느라 그런가. 새들은 웃는 걸 좋아한다.
웃으며 짝을 부른다. 새는 5천 마리가 한꺼번에 날아올
라도 일부일처제다. 새는 5천 마리가 다 떠들고 있는 속
에서도 자신의 짝에게 사랑을 표현하지 않고는 못 배긴
다. 새처럼 나에게서 열이 솟구친다. 응급실에 간다. 다
음 날 또 간다. 새들이 링거액을 훔쳐 먹는다. 음식을 뺏
어 먹는다. 내 기억이 보존된 액체마저 흡입한다.

박쥐 눈에 검은 안대를 씌우고 실험해본 얘기를 읽은
적이 있다
박쥐는 안대를 쓰지 않은 것처럼 날아가 벌레를 잡았
다고 한다
다음엔 가위로 박쥐의 눈알을 도려냈다
박쥐를 지하 통로에 데려가 던졌다
그래도 박쥐는 같은 속도, 같은 자신감으로 날아갔다
고 한다
나는 눈에 피딱지가 앉은 박쥐에게 물었다
너는 눈을 뭣에다 쓰니?


나에게서 새들이 심해로 잠수한 다음 바다 표면으로
떠올랐을 때
내쉬는 큰 숨소리가 난다
여름도 아닌데 내년 여름의 매미 끓는 소리가 난다
새들이 그 매미들 먹으러 오는 소리가 난다
나는 곤충의 날개로 만든 태양에 풍덩 빠진 채
어째서 어 쨋 쨋 쨋
그러자 왼쪽 옆에 앉아 있는 끓여서 기름을 얻을 수 있

는 쏙독새가

왜 그랬 랬 랬 랬 랬

내가 말을 하면 할수록 내 의자와 쏙독새의 의자 사이
가 멀어진다

서울과 모스크바만큼 멀어진다

내 영혼은 이제 날개를 펼치고 집으로 돌아가야 한다
고 생각한다

영혼도 검은머리물떼새도 심해에서 단 한 번에 솟구
치면 잠수병에 걸린다

나는 이제 집으로 가고 싶                    다


새들의 영결식이 거행되고 있다

새들이 맞댄 머리 위에 죽은 새를 올려 운구하고 있다

더 높아서 오히려 검은 하늘로

미리 준비되어 있는 새들의 묘혈로


나는 사방을 둘러본다 큰 영결식장에 새 떼가 가득 앉
아 있다

조사를 낭독하고 있던 내가 울면서 뛰쳐나간다

내 날개를 어디에 뒀는지 잊어버렸다

공중이 아니면 숨을 쉴 수가 없다

# Korean Zen

눈을 감지 않아도 속눈썹은
내 얼굴에 글씨를 쓴다
(하지만 나는 속눈썹이 없다)

어느 땐 정수리의 몇 가닥 머리카락을 일으켜 허공에
글씨를 쓰며
이 시간을 견딘다
(하지만 나는 머리를 밀었다)

인간은 얼마만큼 침묵을 견딜 수 있나

하지만 나는 골반 위의 소녀가
치고 있는 타이프라이터 소리를 듣고 있다

(인간은 시 안에서 얼마 동안 견딜 수 있나)

새는 나를 데리고 높이 떠올랐다가
저 혼자 가버린다

나는 시를 못 견디듯
하늘도 못 견딘다

자아自我라는 이름의 뚱뚱한 소녀를 생각한다
그녀를 오늘 밤 굶겨 죽여야 한다

그 소녀를 죽이고 내가 해탈에 이르는 것은
과거보다 미래를 먼저 죽이는 짓인가 아닌가

하지만 그 누가 왔다 갔다 하고 있는
내 가슴의 와이퍼를 부러뜨리나

나는 아까부터 진동으로 울고 있는
뼈로 만든 주머니 속
빨간 전화기의 수화기를 든다

그 소녀다

# 양쪽 귀를 접은 페이지

엄마, 이 페이지는 읽지 마
읽지 말라고 접어놓은 거야

새들이 뾰족한 부리를 하늘에 박고 눈물을 떨어뜨리네

새를 붉게 하라
때려서라도 붉게 하라
명령이
타이핑되었다

그러나 내가 받아쓴 건 맥박보다 더 빠른 새새새새새
새새새새새새새였는데

젖은 발가락이
내 얼굴을 더듬고
혀도 입술도 없는 새가
제발 살려주세요

이 엘리베이터에는 올라가는 버튼이 없고

영안실은 물속에 있습니다만


부엌에서 너를 때렸을 때
새를 때리는 것 같았어
말하는 엄마


다 맞고 나서 너는
방으로 들어가
가만히 날개를 폈지


이것아
이 불쌍한 것아


(세상의 모든 신호등이 붉은색을 켜 든 고요한 밤
나는 엄마를 따라간다
나는 물속의 깊은 방문을 연다
거기 고요한 곳 엄마가 아기에게 젖을 물리고 일렁이는 곳)


남의 머리를 억지로 목에 얹은 것처럼

까닥까닥하는

새야
작은 새야

이것아

# 새의 호흡기 질환에 대하여


삶아지던 계란에서 흰자가 새어 나왔다,
흩어지더니 흰 날개가 펴졌다
새가 끓는 물속을 날아갔다

날개가 퇴화된 털 돋은 손이
내 등뼈를 쓸어내렸다
내 브래지어의 단추를 풀었다
기분이 더러워서 울고 싶었다

흰 시트가 발이 묶인 백로의 날개처럼 펄럭이다가
영원히 같은 장면에 멈춰 있는 영사기처럼
상영을 시작했다
내 몸의 구멍들이 하나하나 방영되었다

구멍 속에 사는 낙태아의 눈썹이 까맣더니
날개도 돋았다
새가 빽빽한 흙 속을 날아갔다

엄마는 죽은 아이의 엄지발가락을
입을 가리고 바라보았다

죽은 새 한 마리가 구급차 소리처럼
엄마의 입술 밖으로 게워졌다
엄마는 비명으로
침으로 끈적거리는 커다란 날개를 잡아당겼다

내게는 아무도 보고 있지 않아도
끊임없이 올라오는 참혹한 표정이 있다
몸속에서 물이 설설 끓고
그 속을 날던 새들이 얼굴 밖으로 치솟았다

(얼음 밑에 갇힌 작은 새가
밑에서부터 끓어오르는 눈보라를 견디고 있다
두 손으로 감싸 안아
가슴에 모시려 했지만
날개는 영영 얼음을 놓지 않았다)

기름을 얻기 위해 새를 끓이는 풍습이 있었다

끓는 물속에서 내 두 팔은 날개처럼 너울거렸다

## 새, 소스라치게

골프채로 새 대가리를 친다

잠자리에서 끌려 나온 새가 날아간다
머리채를 묶은 새가 날아간다
아기 손 같은 발을 떨어뜨리고 몸만 간다
영문도 모른 채 퍽퍽 날아간다
내려앉을 때는 머리가 산발이다

하늘은 이미 초록 그물로 막혀 있다
산중 깊은 곳에 불을 밝히니
마치 치과 전등 아래
크게 벌린 내 아가리 속 같다
그 속에서 골프채가 새들의 대갈통을 갈긴다
새들이 던져진 듯 날아간다

그물 밖에 사는
새들은 불면증이다
매일 밤 이 광경을 숨죽여 보고 있다
충혈된 눈으로 보고 있다

지하 방에는 몸을 동그랗게 만
귀머거리 소녀가 울고 있다

낚싯바늘에 꿰인 미끼처럼 새가 날아간다
낚싯배는 낚시꾼들로 만선이다

소스라치게 현관의 벨이 울고
골프채의 머리가 사람보다 먼저 고개를 들이밀면
슬픔의 모가지가 톡톡 꺾였다

# 티라누스 멜랑콜리쿠스*

태풍은 말한다

밤하늘에 작은 눈썹이 하나 떠간다

심장에도 그 눈썹이 하나 떠간다

만 하루 만에 벌레에게 먹히는 시체처럼
속삭속삭속삭 대화가
안의 물 기척인가 밖의 물이 썩는가
끊이지 않는다

변기 속으로 보름달이 숨어들고

수도꼭지에서 물이 한 방울씩 떨어져
욕조에 가득 찬 물의 엉덩이를
찰싹찰싹 때린다

살아 있는 안의 물이 썩고

내가 밥 한 그릇을 땅바닥에 내던져
밥알들이 확 하고 흩어진 것 같은데
새끼 새들이 부화한다

다시는 새를 호명하지 않겠다 결심했는데

엄마와 나는 이렇게 시작한다
이번엔 엄마 차례
엄마가 밥상을 던진다

내 가슴은 속삭속삭속삭 미치고
입안엔 담뱃재가 가득하다

나는 새를 기르지 않고
안팎에 물을 기르는 사람인데

금방 태어난 새 새끼들이 검은 번개에 엉덩이를 맞는다

나는 성냥 같은 저 다리들에 양말을 신기고 싶다

누가 가위를 들고 저 다리들을 싹둑싹둑 자르기 전에

죄수들처럼 구부린 나무들아
오늘 날씨는 굶주렸다
조금 있다가 너희를 치러 갈 거다
나는 나무에게 주의를 준다

내 강의를 듣는 남학생이 이빨을 드드득 갈며 지나갔다

저 어린 새들의 검은 혀가 일제히 움직인 것 같은데
착각이겠지,

남자들과 친해지고 싶으면 몸을 만지게 내버려두면
되듯이
  어린 새들에게도 그렇게 하면 된다는 말이 생각났다

난쟁이 새들이 몸의 구멍마다 들어와 수도꼭지를 열고
새벽 1시에서 2시 사이 나는 항상 잠이 깬다
축축해진 눈가에서 유령 냄새가 난다

꿈속에서만 사는 외할머니의 검은 입술의 끝없는 입
맞춤
싫어, 싫어. 젖기 시작하는 입술
연구실의 의자가 물속에 휩쓸리기 시작한다
두려운 강가에서
사면 벽을 붙잡은 책들이 다 젖었다

새들이 내 안에서 목욕한다
목련꽃이 내리는 비에 한 잎 두 잎 제 몸을 씻듯
내 안도 섬세하게 씻을 수 있다

가까이 다가온 태풍이 말한다
몸 밖에도 슬픔이 있을까?
이것은 슬픔이 아니다 발작이다
암흑 물질의 반복이다
바짝 마른 현기증이다
나는 외치고 싶다
이 우울인에게도 인권이란 게 있다!

우리나라를 뒤덮은 거대한 새가 일어난다
아까도 말했지만 내가 새를 호명해서 이렇게 되었다
그 새가 스스로 저으며 나아간다

새는 강한 비바람을 동반하여 움직인다. 새가 한번 날
면 그 날개로 우리나라를 다 덮을 수 있다. 아무것도 아
무것도 아니라는 생각이 든다. 발가락이 간질간질하게
위태롭다. 주로 늦여름에서 초가을 이 새가 발생한다. 간
혹 엉뚱한 계절에 내습하는 경우도 있다.

태풍은 다시 말한다

모녀가 마주 앉은 비커를 흔들지 말 것
자기 전에 비릿한 분홍색 자몽 주스를 마시지 말 것

엄마의 우물은 맹독성이다
그 물을 마시면 전염된다
망가질 대로 망가져서 더 망가질 게 있나 싶은 엄마가
말했다

네가 나를 귀찮아하면
내가 이제 무슨 짓을 저지를지 몰라
나는 대답한다
엄마, 내가 먼저 망가질게
천 번이나 같은 말을 하는 엄마에겐 무슨 대답이 좋을까

제발, 고통의 성모님, 검은 하늘보다 더 무거운 나의
엄마님
제발, 순수한 척, 모르는 척, 흰색인 척 그만해요

항상 나는 새들이 발생한 다음 주문을 외는 것이 문제다

열을 받은 해양 표면의 물이 증발하고 대류에 의해 상
승하다가 응결한다. 하늘의 표면 위를 선혈처럼 흐르던
잠열이 주변 수증기들을 가열한다. 이때 강한 상승기류
를 타고 최악의 저기압이 발생한다. 이것이 저 새들의 발
생의 근거다. 이 상태에 도달하기 전 이미 기압은 마음속
에 잠입해 생각과 감각 속을 지그재그로 내달리고 있었
다. 발을 구르면서, 노래하며 소리치면서, 뱀처럼 나아가

거나 사슴처럼 뛰어가고 있었다. 깊은 곳에서 잠복한 슬
픔이 자세를 낮추고 달려들듯이 앞다리를 치켜들고 있었
다. 한 여자가 마주한 감당할 수 없는 우주적 광기처럼.

태풍은 발생한다
태풍은 폭발한다

전두엽 대뇌 피질의 신경섬유를 잘라라
내 양쪽 뺨에 새의 다섯 손가락이 찰싹찰싹
떨어지기 시작한다

태풍은 말한다

항아리의 뺨을 갈기고 산산조각 내기란 얼마나 쉬운가
왜 나는 산산조각 날수록 커지는가
왜 나는 끝없는 검은 광물의 들판인가

땀으로 흥건한 침대는 힘찬 새들의 발생지다. 새들은
저 남쪽에서 북서쪽으로 오다가 근해에서 편서풍을 타고

방향을 바꿔 크게 포물선을 그리며 내습한다. 새들이 조류인플루엔자의 속도로 덮친다. 나는 머리부터 꼬리까지 5천 마리로 들끓는 한 마리 새다. 5천 개의 그림자다. 새와 새의 사이가 다 새인 새다. 더러는 떨어져 죽고 더러는 산 새다. 나는 5천 개의 손뼉을 친다. 나는 베개를 고쳐 베고 이 손뼉에서 벗어나려 해본다. 이번 새는 진로가 시계 방향으로 휘어, 내 몸을 U 자 형태로 지배한다. 자루 모양의 새 떼다. 매우 크다.

두 팔이 뜬다
덩달아 버둥거리는 두 다리가 뜬다
골목에서 쓰레기들이 떠오르지만 집은 가만히 있다
가만히 있다가 집이 와장창 기운다
점점 더 많은 쓰레기를 데리고 회오리가 뜬다

얼굴은 웃지 않는데 폐가 웃는다 속수무책 웃는다
그래, 어쩔래 나 웃음거리다

몸은 물에 떠 있는데 폐가 물에 잠겨 웃는다

그래, 어쩔래 나 정말 웃긴다

이 세상에서 제일 웃기는 것, 우리 엄마
이 세상에서 제일 죽이는 것, 우리 아빠

낮과 밤, 낮과 밤 하다가 낮에도 밤이 온다
이 멜랑콜리커는 산책을 좋아한다
저 맨 끝, 오호츠크해 검은 날개를 향해
오호! 오호! 축지법으로 가는 걸 좋아한다
비웃음을 타고 가는 걸 좋아한다

비바람에 담쟁이 이파리가 한꺼번에 다 떨어지는 길
을 택시를 타고 가다가
내가 창문을 열고 엄마, 엄마 악쓰며 운다

새 떼의 새들이 저마다 내 몸만 하게 큰다
그다음 어마어마한 거인처럼 큰다
이것은 새가 아니라 내 죽음을 알리는 펄럭이는 부고
장이다 만장이다

그다음 태양이 하늘에 뜬다

태풍이 울부짖는다
왜 나만 떠 있는가

일생 동안 엄마아빠에게서 받은 편지들을 펴본다
편지의 시작은 늘 이랬다
세상에서 내가 제일 사랑하는 딸 보아라
편지는 하나하나 속삭이는데
울면 안 되는데
울면 찢어지는데
다 모아놓으니
검은 트렁크다
트렁크가 열리고 새 떼가 치솟는다

새마다 소리친다
내가 세상에서 제일 사랑하는 딸 보아라

나는 불법 침입자처럼 노크도 없이 방문을 여는 엄마

의 이름을

생전 처음

똑똑히 불러본다

자식의 이름을 부르듯

순.

자.

야.

그리고 덧붙인다

문.

열.

지.

마.


가까이 가서 보면 새들이 모두 중력을 거슬러 움직이
는 내 안의 물처럼

철썩철썩 한 바가지씩 공중에서 엎어진 물처럼

저마다 기형이다

새를 호명하다가 이렇게 되었다

더 가까이 가서 보면 모두 전류에 지져지고 있다

물인 줄 알았는데 발광체다
새마다 비명은 기선처럼 크다
사람의 마음에 담긴 소리는 이보다 더 크다


　새의 눈과 탁 마주친 적이 있다. 이렇게까지 조용한 세
상은 없었다. 마치 고요히 피똥 누는 아이의 눈빛 같았다
고나 할까. 소용돌이 한가운데 새의 눈은 파란 하늘보다
더 파랬다. 새는 보통 위도 30~33도에서 날개가 휘어진
다. 큰 새다. 심야의 오케스트라. 우리나라에 상륙한 다
음 동해로 빠져나갈 예정이다.


　이제 다시 말하겠다. 저 아래 우리나라 전체의 그림자
만큼 큰 치마를 입은 여자가 바로 나다. 나는 내 안의 일
부에서 내 안의 일부에게 편지를 보낼 수 있을 만큼 크
다. 치마가 다 물이다. 무거워서 일어날 수가 없다. 젖은
치마 위에 우리나라의 모든 기차의 은빛 레일이 올려져
있다.


　기차의 칸칸마다 잘못했어 잘못했어 우는 내가 탑승

해 있다.


\* Tyrannus melancholicus, Tropical kingbird의 학명.

2부

나는 숲을 뾰족하게 깎아서 편지를 쓴다

# 우체통

얼굴을 붉힌 채 기다리고 있다 해야 하나. 이별하려고 기다린다는 말은 말아야 하나. 순결이란 말을 처음 만든 사람은 누굴까. 없는 것에 이름을 붙인 사람. 창구에 앉은 여자처럼 받은 것은 무조건 돌려보내는 나를 뭐라고 해야 하나.

이미 피를 흘려봤다고 해야 하나. 피 묻은 얼굴이라고 해야 하나. 들어온 것은 반드시 내보내는 가엾은 심장이라고 해야 하나. 흰 손바닥이 가슴에 들어왔다 나간다. 영장류의 손바닥은 왜 비닐 코팅된 감촉일까. 생은 막幕일까. 나는 너에게 당당히 말한다. 나는 너를 간직하지 않겠다.

불 꺼진 부화기 안에서 불을 켜달라고 소리쳐야 하나. 익일 특급 우편이라고 해야 하나. 나는 아이를 싸서 주소를 쓰고 침을 발라 눈을 감긴다. 온몸 가득 스탬프 찍어 아이를 반송한다. 자꾸만 돌아오는 아이를 또다시 보내려고, 아침 9시부터 문을 열었다가 정각 5시에 닫는다고 정문 앞에 고지해야 하나.

눈보라 치는 거리에서 가슴을 열고 있다고 해야 하나.
취급 주의 꼬리표를 붙여서 이 사연 좀 가져가라 해야
하나.

# 숨을 은

나는 묘지 담벼락에 붙은 집에 묵기로 했다

내가 창문에서 몸을 날리면 묘지에 떨어지게 되는 집
이었다

묘지는 그곳 사람들의 마지막 안식처이기도 했지만

한가한 산책로이기도 했다

묘지를 제집 정원인 양 산책하고 가꾸는 이웃들

나는 한 발은 묘지에 한 발은 내 방에 이렇게 올려놓고

산책 겸 휴식, 산책 겸 식사, 산책 겸 잠을 잤다

잠을 자고 있으면 묘지가 거인으로 일어서서 내 이름
을 불렀다

산책을 게을리하지 말라고 하는 것 같았다

일어선 묘지의 커다란 몸엔 당연히 식물들과 새들이
매달려 있었고

묘비들도 주렁주렁 매달려 있었는데

어느 날은 스스로 자신의 몸에 물조리개로 물까지 주
면서 나를 불렀다

그러면 나는 다시 비를 맞으며 산책 겸 꿈을 진행하게
되었다

나는 산책을 하면서 비문을 읽기도 했는데

어느 날 거인은 산책 겸 잠을 자는 나에게 분명히 말했다

산책을 하면서 비문에 새겨진 이름을 하나하나 불러주라는 것이었다

그래서 나는 출석부를 부르듯 그들의 이름을 하나하나 부르면서 산책을 하게 되었는데

나중엔 내 방에 돌아와서도 그 이름들을 하나하나 부를 수 있게 되었다

그것은 마치 내가 바구니에 쌓아놓고 기르는 감자에게

잘 자라~~ 내 감자~ 내 귀여운 감자~~~

하루에 한 번씩 자장가를 불러주든 말든 나의 감자가

독이 오른 싹들을 제멋대로 내뿜게 되는 것처럼

그들의 죽음을 더 잘 자라게 하는 일이 되는 것 같았다

그러다가 어느 날 나는 그만 그 집을 떠나기로 마음먹게 되었는데

그것은 내가 그 묘지 밖에서조차 먹지도 자지도 않고 산책만 하면서

매일 안식에 든 사람들의 출석만 부르고 다니게 되었기 때문이다

## almost blue

강을 만들어 흐르면서
금관조는 흐느낀다

강가에 회초리 같은 나무를 기르고
바람을 흐느끼게 하고

날 선 칼들이 강물 속을 흐르게 하고
클럽에 모인 여자들이 고개를 숙여
시퍼런 강물을 들여다보게 하고

강물 속에는 금색 선명한 금관조

입술이 터져서 피가 흐르고
흰 속옷이 피에 젖도록
내가 울컥울컥 쏟아진다
내가 나를 주체 못 한다

횡단보도의 여자들이 모두 비스듬히 서 있는 것처럼
느껴져

어두운 거울이 시퍼렇게 젖고
앞에 앉은 여자도 시퍼렇게 젖어

푸른색을 만들어 흐르면서
금관조는 울부짖는다

청 코너에 올라와 소리친다
침착해
잘하고 있어
눈을 크게 뜨고 마주 보는 눈에서 눈을 떼지 마
그런데 코치는 왜 다 남자인지
붕대 감은 손은 가죽 장갑 속에 있고
긴 머리칼은 헤드기어 속에
흔들리는 이빨은 마우스피스 속에
아직은 하나도 아프지 않다
그러나 box
고개가 젖혀지고 젖가슴이 터지지만 아프지 않다
왜냐하면 우리는 푸른색에 잠겨 있기 때문에

1분에 한 사람씩

영혼에 불이 켜지던 신생아실의 푸른색
1분에 한 명씩
이름이 불리고 시신을 확인하러 들어가야 하는 안치
실의 푸른색
그러나 지금은 아프지 않다

입술이 터지고 난 다음
이빨이 쏟아진다
입안에 압정이 가득히 씹히지만 여전히 트럼펫을 문
금관조

금관은 달리고
바람은 없는데 바람의 혈흔

링 밖에 가득 관객들은 발을 구르고 손뼉을 치고
사운드는 울부짖는데
나만은 1인분의 강물 속에 서 있는 듯
푸른빛이 마이크 앞의 내 머리에 쏟아지고 있다

흰 타월은 아직

# 불쌍한 이상李箱에게 또 물어봐

친애하는 수르꼬레아뽀에마오또르윤따 여러분
나는 계단을 기르는 사람입니다
계단에 물을 줍니다

선율처럼 자라나는 계단
침울한 5층
안타까운 6층
서러운 7층

나는 눈물이 몸을 거슬러 오르듯 계단을 오르고
슬픔을 땅속에 묻듯 계단을 내려갑니다

아빠 잃은 남매의 계단

계단의 서랍을 열면 눈 번쩍 뜨는 아빠의 시신

쓰라린 내 무릎이 없다면 계단도 없을 겁니다

한사코 지평선을 무릅쓰는 계단이 없다면

옆으로 누워서 무릎을 끌어안으면
몸속에서 방향을 바꾸는 계단

나는 계단을 올라 까마귀의 눈으로 아래를 내려다보
곤 합니다
나는 계단을 내려가 억 조 경 해보다 먼 숫자들의 끝을
보곤 합니다

나를 계단 연주자라 불러도 좋습니다
나를 계단 발굴자라 불러도 좋습니다

눈물이 솟아오르기 시작하면
내 속에 계단이 차곡차곡 놓이듯이
슬픔이 묻히기 시작하면
내 속에 깜깜한 지하가 끝없이 뻗어나가듯이

그리하여 나는 계단이 쏟아지지 않게
위로 아래로 층계참을 돌아 위로 아래로

내 계단은 당신 계단과 입술을 맞대고 음 음 음

계단이 내 음악을 발명한 것이 아니라
내 음악이 계단을 발명한 것이라 해도 좋습니다

그러나 외로운 집
    외로운 계단
    외로운 침대
    외로운 환자
    계단을 올라가는 외로운 기침 소리

오늘 아침 뽀에마오또르윤따 여러분이 계속 초인종을
누릅니다
목뼈가 부러지듯 계단이 울부짖습니다

피아노 속에 숨어 듣는 소리
미친놈의 잠꼬대, 무슨 개수작이냐, 죽여야 해*

이걸 왜 하느냐고 이 피아노 줄을 끊겠다고
왜 이런 거냐고 이런 건 음악이 아니라고

그렇지만 설마 모른 척하시진 않겠지요?
당신 몸속엔 당신보다 훨씬 어려운 음악이 들어 있다
는 것

나는 당신들에게 사랑받고 싶지 않습니다
나는 사실 절망의 패턴을 만든 것뿐입니다

나를 쫓아와 나를 연주하는 나선형 계단을

그리하여 나는 입 다물고 무릎 꿇기
두 번 걷고 한 번 웅크리기
엎드려서 오른쪽 다리 올린 다음 돌아눕기
묶인 발가락을 열쇠 삼아 문 열어젖히기

나방에 접붙기
전기밥솥에 머리 집어넣기

고래와 몸 바꾸기
발뒤꿈치로 징 박기
주먹으로 바다 때리기

지하의 지하까지
뿌리의 뿌리까지

계단이여 이 악물고 창궐하라
계단이여 이 악물고 허공을 버텨라

그러나 현관 밖의 뽀에마오또르윤따 회원님들이시여
그 칼을 두 손으로 감싸드릴게요

이 계단만은 제발 그냥 내버려둬주세요


* 이상이 「오감도」를 『조선중앙일보』에 연재할 때 들은 욕설 중 일부.

# 불안의 인물화

머리 위에 핀 꽃이 뜨거운 언니는
이파리만 만져도 손이 델 정도로 뜨거운 언니는

가슴 위의 사과는 금속성이라서 더 뜨거운 언니는
사과 속 앞니 두 개가 무작정 시린 언니는

입속의 혀가 얼음이어서 몸이 불덩이 같다는 언니는
뇌 속에 사는 호령이 점점 심해진다는 언니는

벽에 붙은 가족사진이 끓고 있다고
사진틀을 잡으면 냄비의 손잡이처럼 뜨겁다고

사시나무 떨듯 울고 있는 언니의 귀에서
뜨거운 참새가 기어 나온다고 관장을 해야 한다고

심장을 꿰맨 검은 실들이 툭툭 끊어지고 있다고
  눈을 번쩍 뜬 꿈이 침대에 옷장에 식탁에 침을 바르고
있다고

섭다 만 고깃덩어리가 입속에 백 년째 붙어 있다고
이 집의 반려동물이 시시각각 입속에서 부패하고 있
다고

머리 위에 핀 꽃의 뿌리가 몸속에서 타는 언니는
심장이 깍지 낀 두 손처럼 축축한 언니는

매일 병원장님 귀하 대통령님 귀하 편지를 쓰는 언니는
너는 애 있지 남편 있지 나랑 바꿔 살자 바꿔 살자 하
는 언니는

# 그믐에 내용증명

바닷속 깊은 곳에 있는 물 근원까지 들어가보았느냐?
그 밑바닥 깊은 곳을 거닐어본 일이 있느냐?
—『욥기』38:16


밤이 깊은데 심해에 사는 여자애가 내용증명을 하러
왔다

내용증명은 삼자가 나눠 가지는 법

우체국 여자는
한 장은 우체국 캐비닛에
한 장은 심해의 아이에게
마지막 한 장은 보낼 곳이 없었다

또 다른 여자애가 내용증명을 하러 왔다
사계절 눈물에 젖어 있는 엄마의 입술을 닦아주고 싶
어요
혀처럼 안아주고 싶어요

우체국 여자는
만지면 터질 것 같은
심해 생물체 셋을 골라
증명서를 우송할 수 있는지 심해어 사전을 뒤적였다
여자애의 엄마에겐 보내지 않았다

계속해서 아이들이 내용증명을 하러 왔다
바다의 바닥에도
에베레스트보다 높은 산이 있고
골짜기에 학교도 세워져 있고
성당도 있지만
얼음 위로는 올라갈 수 없죠
라고 말했다

　조금 있다가 눈빛이 차가운 여자애가 내용증명을 하
러 왔다
　버리고 돌아서도 다시 따라오는 반려동물처럼 돌아왔다

얼음 성당 위는 너무 차갑고
얼음 성당 밑은 너무 고요해
한밤의 우체국 여자는
차가운 거울 같은 언어를 읽을 순 없었지만
한 장은 캐비닛에
그렇지만 두 장은 보낼 곳이 없었다


멀리 보이는 밤바다처럼 우뚝 솟아오른 책상 위에는
흰 종이로 만든 빙하의 퇴적층이 푸르게 치솟았다


남극의 아이들이 아무 때나 여자를 찾아와서
숨 쉴 때마다 소름이 돋고 흐느낌이 차올랐다


아침이 오면 종잇조각으로 변해버릴라
업무를 끝낸 여자가 차가운 아이의 몸을 껴안았다
수치와 노여움이 교대로 나타났다


우체국이 문을 닫을 무렵
다시 아이들이 내용증명을 하러 왔다

여자는 그들과 한방에 잠들었다


(다음 날 우체국에 갔더니 우체국 여자의 책상 위엔

옆자리를 이용하세요

라는 팻말이 놓여 있고

심해어 사전이 펼쳐져 있었다)

# 초

기쁘다 구주 오셨네 하면
기쁘다 내 죽음이 오신 것 같고

기쁜 우리 젊은 날 하면
그가 나를 죽인 기쁜 날 같고

기쁨의 복음을 하면
나 죽은 기쁜 소식 널리 전하세 하는 것 같고

쌍비읍 때문인가 아빠오빠기쁨은 한통속이어서
결국 내 숨을 끄러 오는 것 같고

나가 나가 내 방에서 나가
나를 태워야 너를 내쫓을 것 같았는데

여고생들이 스크럼을 짜고 울면서
나가 나가 내 방에서 나가
행진할 때 제일 눈물이 났습니다

우는 사람이 우는 사람에게
얼굴을 기울여 눈물로 당겨주면

첫눈 내린 날 붉은 소매를 뚫고
유령들이 흩어지고 흩어지고

별은 누가 만져주기 전까지
뒤집어져 있었습니다

기쁨의 주 밝은 빛을 주시네 하면
결국 내 몸을 태워 내 두 눈이 씨앗 틀 때처럼 밝아지
는 것 같고

이 불 꺼뜨리면
천지의 새들이 다 날개를 펼 수 없을 것 같고

# 몬스터

나에게는
저수지에 내려앉으려는
5천 마리의 철새를 날아오르게 할 수 있는 두 다리가
있지
나에게는
밤중에 우리나라 개들이 다 일어나
짖어대게 할 수 있는 냄새나는 구멍들이 있지

피 흘리는 풍경을 담아둔 질긴 주름상자 두 개가 얼굴
에 있지

우주의 문을 하나씩 열고 나갈
촛불처럼 닳아가는
숨이 있지

운전하던 차 앞유리에 비둘기가 날아와 몸을 부딪친다
아주 큰 소리가 난다
그러고도 비둘기는 날아간다

나는 등허리에 길게 달린 지퍼를 열고 몬스터를 꺼낸다
꾸역꾸역 나온다
자동차가 미어터진다

나는 지퍼를 열어둔 채 핸들을 잡고 있다

빨간 풍선을 잡으러
아이는 큰길로 달려들고
엄마는 그 아이를 잡으러 달려들고
엄마의 벌어진 입속에서 집채만 한 흰쥐가 뛰쳐나오고

흰쥐가 투명하게 피어오르고
그 엄청나게 거대한 흰쥐의 암술 수술이 하늘 높이 오
르면
성층권 대기권 나눠지는 그 언저리 어디쯤까지 흰쥐
가 커지면
그다음 울부짖는 엄마의 목소리

지구는 마치 울부짖는 흰쥐 한 마리처럼

나에게는 백만 마리의 돼지를 산 채로 땅속에 파묻을
수 있는 바이러스가 있지
　절간의 나한羅漢 천 개를 밀어뜨릴 수 있는 열 손가락
이 있지
　나에게는

# 송곳니

주머니 속에서 기차가 운다

주머니 밖으로 은빛 체인이 길어진다

체인에 묶인 승객, 즉 내가 컹컹 짖는다

어깨동무를 한 산들이 후진한다

입안의 박하 냄새, 피냄샌가?

리듬에 올라타야 살 수 있는 나와 기차, 전화와 산, 산
맥과 바람

기차가 발신자 정보 없음 전화를 건다

이마를 뚫고 상아가 솟아오르는 것 같다

은빛 체인이 몸을 둘둘 감는다

갑자기 바둑판무늬가 무섭다

낭떠러지로 여자를 떠밀듯이 기차가 달려간다

전화기처럼 달려간다

나는 전화가 무섭다

위독하십니다

한쪽 눈을 뜨고 잠든 새처럼 전화를 들고 전화를 피해
도망간다

기차가 오른쪽으로 고개를 돌린다

뼈마디로 만든 레일이 기차를 기다리고 있다

주머니 속에서 기차가 운다

# 어느 작은 시

작은 이야기와 큰 이야기가 살고 있었어

작은 이야기는 너무 작아서 개미만 한 개가 목줄을 풀고 달아난 정도로 작아 밥하고 접시 닦다가 접시 한 개가 이가 빠지고 거기다 살림 차린 정도로 작아 변기가 고장나고 빙하가 녹아내리고 몇십 년 전에 흑백사진에 갇혔던 젊은 당신이 떠내려오고 그 정도로 작아

작은 이야긴 내가 더 작아져서 망가진 영사기 속으로 쓸려 들어갈 정도로 작고

내 밤은 더 작아서 까만 콩보다 더 작아서 네가 움켜쥘 수 없을 정도로 작아서 매일 밤 흘리고 다닐 정도로 작아

북산에 올라가서 서울을 내려다보면 뭐가 엎질러졌는지 그 엎질러진 것 위에 바글바글 건물들이 몰려들어서 그걸 핥아 먹느라 정신들이 없는 그 정도야

작은 이야긴 너무 작아서 이야기하고 있다고 생각하

지만 이야기하고 있지 않은 거나 마찬가지야

   썼다만 있고 싯다 삿다 숯다 슿다 셯다 셋다 쓿다는 없
으니 그저 나는 작은 이야기로 무엇을 썼는지도 모르면
서 썻 썻 썻 하는 정도야

   영하의 철판 위에 소금을 뿌려놓으면 새벽에 멧돼지
가 와서 그걸 핥아 먹다가 그만 혀가 철판에 철컥 달라붙
는 그 정도 이야기야 그 어미 멧돼지 밑에서 새끼 두 마
리가 젖을 빨아대고 있는 정도야

   작은 이야긴 너무 작아서 우체국 여자의 책상 위에 먼
지처럼 쌓여만 가고 내가 보낸 이야기를 읽으려면 먼지
보다 더 작은 사전이 필요한 정도야 그 정도야

   너는 내 이야긴 너무 작아서 언제나 때릴 수 있다고 하
고 내 이야긴 네가 만든다 하고 내 이야긴 너무 작아서
네 작은 고막에 붙어서는 보이지 않을 만큼 작은 짐승 정
도라고 하지만 내 작은 이야긴 네 뇌 속의 다리들을 건너

세 갈래 길에서 세번째 길을 오래도록 걸어 네 해마에
살림을 차리고 꿈마다 네가 비명을 지르는 정도야 그 정
도야

# 더 여린 마음

시인들에게 보물찾기 하라고 해서
우르르 풀밭에 나갔는데
보물이 물렁한 돌인지 딱딱한 구름인지

전 세계에서 몰려온 시인들이
각자 모국어를 버리고 곧 멸종할 언어를 배워서 연락
하자
공평하게 그러자
그래보듯이

당신이 알아볼까 봐
내가 얼른 우리 비밀을 두 시간짜리 어떤 영화 속에 감
춰두듯이

깜깜한 밤 흰 보자기 펼치고 그 위에다
그 영화를 조용히 돌려보듯이
그리고 비밀에 다다를 때까지 기다리듯이

영화 속에는 우체통이 서 있고

늘 다시 살아 나오는 아이처럼 비밀이 맺혀 있고
얼마나 무서웠을까 다시 돌아오느라

영화 속에서 우리는 발을 땅에 두지 않고도
사랑할 수 있다는 듯이
10초간 꽉 껴안고 난 다음
힘차게 노래를 부르며 돌아설 수 있다는 듯이

아물어가던 상처가
한쪽 눈알처럼 떠지고

피 한 방울 어둠 속에
조용히 솟아오르듯이

도대체 이 포에트리 페스티벌은 보물을 어디다 숨겼
는지

# 우체국 여자

세상엔 너무 많은 이름이 있어
그보다 더 많은 영혼이 있어
울고 싶은 여자야

침묵에 빠진 골목들을 스카치테이프처럼 서랍에 가득
쌓아두었습니다

*은는이가*
*을를에의*
*와과만도*

조사들처럼
종일 받아서 보냅니다

초록색 책상을 끌어안은 이별 전문가

팬티에 손을 넣고 길게 줄을 당겨봅니다
나에겐 빨간 포장끈처럼 붉은 핏줄
상의도 없이 이별의 의무를 다하는 기관들이 몸속에

가득합니다

　나는 지금 흰 눈의 흰색은 배송하고 혼자 남아
　옷깃을 적시는 물방울과 싸우고 있습니다


　우체국을 나서면 아직 태어나지 않은 음악처럼
　고인의 안경처럼 아무것도 아닌 여자야


　이별의 미래야


　눈발이 우체통 위에 하얀 손가락 마디를 자꾸만 썰어
놓고 갑니다


　우체국 여자의 혈압과 맥박은 돌돌 말린 종이 위로 계
속해서 출력되어 나오고


　발송이란 팻말을 비석처럼 세우고
　그 아래 종일토록 앉아 있습니다

죄송하지만 다 보내드리고 퇴근하겠습니다

# 엄마의 팽창

눈 속에 파묻힌 흰토끼야

하얀 시트 하얀 베개 좋은 잠옷 우리 엄마
두 손을 포개고 눈 속에 누운 흰토끼의 정적

아무것도 안 듣는 귀들은 자라서
가까이 다가가면 때 묻은 구름이 되었네

내리는 눈송이처럼
강물에 앉은 안개처럼
안을 수 없는 흰토끼야

식물인간이란 말은 식물에 대한 모독일까 격려일까
식물인간의 영혼이 가득 고인 병원의 복도를 걸어가네

옛날 옛날에 천재 소녀가 살았는데
소녀는 늙어서 침대 위의 흰토끼가 되었네

이름이 뭐예요 물으면 잊었어요 말도 못 하는

주춤주춤 넓어지는 희디흰 불구가 되었네

우리는 맹렬하게 자라서 무엇이 될까
희디흰 토끼를 이불에서 꺼내 흔들어보네

# 미리
## 귀신


눈에서는 무엇이 나올까
나를 사랑하는 눈물 말고

눈동자는 무슨 맛이 날까
영혼의 맛이 이럴까

눈에서 나오는 빛을 빛이라 할 수 있을까. 눈에서 나왔다고 몸의 것이라 할 수 있을까. 눈빛은 미리 귀신일까. 아빠 가고 석 달 열흘을 울고 방문을 연 엄마의 눈빛을 뭐라 할까. 280일간 검은 물에 떠 있다가 생전 처음 컬러로 된 내 얼굴을 마주 보던 내 딸의 눈에서 나오던 빛은 뭘까.

우리는 영혼의 뒤꿈치로 보는 걸까
우리는 선 채로 꾸는 꿈일까

식기 전에 먹자면서
생물의 시신을 나누는
가족의 눈에서 나오는

빛은 무얼까

바닥에 쏟아진
두 모금의 물이
되쏘는 빛은 뭘까

문 닫은 창 앞에서 서성거리는
별의 눈빛은 어떨까

죽은 다음에도 보는 일을 쉬지 않는
저 슬픔을 뭐라 할까

# 이 소설 속에서는 살고 싶지 않아

내 머리카락 한 올 한 올이 칼날처럼 아팠다
바람이 살짝 불어도 살이 베일 것 같았다

난쟁이 병사들이 벽돌들 틈에서 솟아나
내 몸에서 힘을 주욱
잡아당겨 가져갔다

소설을 읽다가 소설로 들어간 밤
끈적한 똥개의 내 뺨에 침

오늘 밤 달이 죽었음을
덩달아 하늘이 죽었음을

흙 위로 비스듬히 더러운 비처럼
죽은 새들의 투명한 뼈들이 쏟아졌다

짐승만도 못하다고 해서
짐승을 무시하시는군요
했다

더 나쁜 일들이

더 더 더 나쁜 일들이 계속해서 일어나는 나라에서

감옥에 소설 공장을 차리던 나라에서

태중의 쌍둥이처럼 귀신들과 마주 보던 나라에서 겨

우 나왔는데

너는 이야기를 잘라서 도화지에 붙이는구나

세상에 이렇게 내가 얇아지는구나

나무들이 도화지에 그린 연필화처럼 모두 가늘어지는

구나

내 인형들이 결핵에 걸리는구나

내 삶이 발병하는구나

나는 이제 하늘색 하늘이라고 바람색 바람이라고 하

기가 어려워졌다

내가 이 종이의 것들을 열고 나갈 수 있을까
이 소설이 없다면 계속 울 수 있을 텐데

이 인형들을 넘어갈 수 있을 텐데

앙리 미쇼의 그림에서처럼
나는 내 글자에서 일어서는 사람이 되고 싶었다
여러 글자에서 일어선 여러 사람이 되고 싶었다

삐에서 일어선 사람
빼에서 일어선 사람

나는 한 페이지 가득 삐뚤빼뚤 걸어간다

하지만 나는 기찻길 옆 오막살이처럼 시끄러운 이 소
설 속의 사람

더러운 침으로 가득한 이 미담
오래된 얼룩으로 얼룩진 가짜 보물 지도

돼지 없는 돼지우리의 검은 이끼
목욕탕에 빙 둘러앉은 엉덩이들만도 못한 것
침냄새 나는 것

제발 이 소설 속에선 나를 꺼내주소서

# 뾰족한 글씨체

안고 있던 어항의 금붕어를 화르륵 웅덩이에 쏟았다

또 버릴 것이 없나 둘러보았다
고양이마저 버릴까
이 집에선 살아 있는 건 안 돼

우리 집 한가운데 울창한 숲이 있다
헝겊 한 장을 들추면 거기 있는
각자의 냄새나는 성기 같은

아이가 들어오지 않는 날 나는 그 숲으로 들어가봤다

심포니를 들으러 예술의 전당에 갔는데 오케스트라가
시작하기도 전에 스타인웨이 피아노는 다리가 세 개 달
린 암말처럼 무대를 뛰어다녔다. 관악기들은 홍학들처럼
부리를 내밀고, 첼로에 대해서 말해봐야 무엇하겠는가.
얼음 웅덩이에 박힌 저 아이를 꺼내라고 소리를 질렀다.
목구멍은 비명을 지르고 가슴은 칠흑 같은 숲이었다. 숲
속의 무덤들이 나를 때렸다. 내 얼굴을 갈겼다. 아랫도리

를 드러낸 거대한 숲이.

도마뱀을 방생했다

매일 방생했다 내 뺨을 쳤다 조공을 드렸다
도마뱀은 냄새나는 바위처럼 웅덩이 곁에 엎드렸다
친애하는 친구와 선생님과 가족을 방생했다
방생한 뒤엔 다시는 돌아보지 않았다

작별을 숲이라 부르고 있는 거냐고 누가 물었다
나는 방 안에 길고 긴 편지처럼 비가 내리면
슬픈 일이 생기고 숲이 시작된다고 대답했다

사실을 말하려고 하면 할수록 센티멘털이 온다는 것
을 알았다
아기를 지운 날엔 손톱만큼 작은 홍학을 삼킨 것 같았다

그 작은 홍학이 밤에는 얼룩덜룩 춤을 추었다 숲이 더
커졌다

잠이 들면 숲에서 나온 무심한 발들이 내 얼굴 위로 지나갔다
쥐였다거나 도마뱀이었다거나 고양이였다거나
하지만 죽은 육친들이 나의 무방비를 놓칠 리가 있겠는가
숲에서 온 이들이 하필 내가 벌거벗었을 때만 창문에 달라붙었다

나의 하루 낮, 하루 낮은 숲에서 겨우 내어준 것일까 생각했다

깜깜한 집에서 하얀 숲의 거대한 기척을 느낀다
순장당한 영혼들의 숨결 같은 입김을 느낀다

눈에 띄지도 않을 작은 기미가 필생의 동작인 작은 곤충처럼
흰 종이 속에 숨은 나의 가느다란 글씨는 기미로 나아간다

숲이여 나의 숲새여 나의 수피즘이여 나의 숭배여
이제 나만 남았다 나를 화르륵 쏟아주고 끝내겠다
얼마나 센티멘털한가

나는 지금 숲으로 글을 쓴다
숲을 뾰족하게 깎아서 쓴다

# 3부
## 작별의 공동체

# 작별의 공동체

## 작별의 신체

어째서 아빠, 너는 입술이 파리하니?
내 앞에 앉아 있는데도 눈길이 흐릿하니?
식탁 앞에 앉아 있는데도 자꾸만 뒤로 물러나는 것 같
니?


우리가 영원을 시작하던 시절
늘 시작만 있던 시절
아빠, 너와 나와 동생들과 흐린 날개들이 있었다
(다시 말하지만 우리는 한 영혼의 내부에 있었다)
어떤 빛이었는데 그림자는 없었다
체온을 받기 이전이라고
희끄무레에 홀린 눈빛이라고 할 수 있었는데
그땐 그랬었다


우리는 각자 전등에 갇힌 새 같았는데 그땐 몰랐다
투명한 해골에 갇힌 새 같았는데 그땐 몰랐다

아빠, 네가 본 것을 말해보렴
그러나 아빠, 너는 묻기만 한다
나는 어디 있니?
나는 눈을 감고 대답한다
해가 없는 곳, 그러나 빛!

아빠, 천사는 서로 안을 수가 없어

나는 자꾸 대답해본다

흐린 날개들이 있었다
불가사의하게 긴 속눈썹을 깜빡거리면서
무한히 작아진
추방된 빛처럼
투명한 쌀알갱이들이 쏟아져 내리듯
작은 영혼들이 있었다

(저 작은 쌀알갱이 하나하나의 놀랍도록 예리한 감각들)

(오, 한 알 한 알 낱알의 영혼들이여!)


뭉게구름의 무게를 다는 것
뭉게구름을 칼로 자르는 것
아빠, 너의 입술을 지나 가슴속을 지나
얼굴을 어루만지고 사라진
손길의 무게를 다는 것
손길을 칼로 자르는 것


무한은 춥고
영원은 무서워


저 공중에서 돌아오는 메아리 사이로 손을 집어넣어
저 희미한 목소리를 오려놓으려는 헛된 손짓이 있었다


우린 시작을 시작했으므로
이미 작별이었는데 그땐 몰랐다

아빠, 너를 데려간 그곳
생명 하나가 막 날개를 접은 저 무심한 영원으로
또다시 투명한 해골 속으로
그곳에서 지저귀는 새가 한 마리
어디서 내려야 할지 모르는
발목이 잘린 새가 한 마리

우린 이미 죽음을 시작했으므로
모두 평등이었는데
그땐 왜 몰랐을까

흰 두루마기 흰 두건 잘 갖춰 입고
태워지려 들어가는 아빠
죽어서 나를 배신한 아빠
나는 배신자를 배신할 거야

그곳엔 시작도 없고 마지막도 없고
이미도 없고
아직도 없고

여자도 남자도 없고
아빠도 자식도 없잖아
그래서 평평하잖아
그래서 무한하잖아

떨쳐낼 수가 없어
아빠, 네가 태워진 후를 미리 본 것 같은 느낌
태초부터 멍한 아빠, 너를 본 느낌
아빠, 너는 시작하지 말았어야 했다
너로 인해 시간이 있었다
작별이 있었다

나의 과거인 척하더니 나의 미래가 된 아빠
그러나 지금은 우리 사이에
바람이 불다가 갑자기 딱 멈춘 느낌
그 바람이 아빠, 너의 등 뒤에서 모두 돌아가는 느낌

나무가 죄인처럼 등을 구부리고
나뭇가지에서 뛰어내린 흰쥐들이

아빠, 너를 파먹어 들어가는 느낌

더 이상 새 책이 들어오지 않던
아빠, 너의 폭삭 망한 책방처럼
아빠, 너는 왜 말문을 닫니?
식사를 하면서 동면에 드니?
마주 앉아 있는데도 멀리 가고 있는 것 같아
나는 얼굴에 양말을 쓰고 앉아 있는 것 같아

나는 아빠, 너의 누추한 책방에
뢴트겐에 쏘인 사람처럼
내부를 벌거벗고 서 있는 느낌
해가 없는데도 빛 안에 있는
꿈속 같은 곳
그 희끄무레에 들어서는 느낌

뭉게구름을 휘젓고 휘젓는 천사의 뒤꿈치가
식탁 앞에 앉은 우리 입속으로 들어온 느낌

아빠, 너와 나의 발 없는 새가
육신의 안치소를 이미 버렸나 봐

그래서 이미 죽은 내가 아빠, 너를 계속 맞이하나 봐

질척한 흙알갱이처럼 흩어진 내가
투명한 쌀알갱이처럼 흩어진 아빠를
자꾸만 추출하고 있나 봐

그렇게 아빠, 너는 휙 지나가고 휙 지나가고
염장이들이 아빠, 너를 쌀 한 자루처럼 묶어놓고


## 이 상자에 손을 넣을 수는 없다


어두운 상자다
6개의 면을 단번에 제거해도 여전히 어두운 상자다

이 상자에 손을 넣을 수는 없다

차라리 뱀이라도 괜찮겠다
차라리 변기라도 괜찮겠다

엄마의 벗은 몸은 안 되겠다
정신과 약 타 먹는 모녀는 안 되겠다

우리 식구만 아니면 괜찮겠다
그들의 성기 유방 입술 눈빛 항문만 아니면 괜찮겠다

내 손가락 아래 당신들

차라리 독충 바퀴벌레 지렁이라도 괜찮겠다
아빠만 아니면 괜찮겠다
숨이 끊어져서 난생처음 분을 바른 아빠
아빠가 제일 싫어하는 헤어스타일을 하게 된 아빠
따뜻한 재가 되어 여전히 숨 쉬는 아빠
나는 재가 든 상자를 안고

우리는 생전 처음 검은 리무진 타고 간다
나는 재를 잉태한 여자

그러나 내 손은 들어간다
(네 구멍에 손을 넣지 말라는 엄마의 말씀)
비집고 들어간다
(내 손이 들어가면 나쁜 일이 생긴다는 엄마의 말씀)
방공호 속으로
(몸의 구멍들은 다 깨끗이 해야 한다는 엄마의 말씀)
방공호에서 터지는 동생의 조그만 입속으로
(그 손모가지를 분질러버리겠다는 말씀)

식구들의 영혼이 갇혀서 우거진 새의 숲으로
새끼 새를 쫓는 개처럼 들어가는 내 손톱

새의 성기
새의 항문
새의 눈알
새가슴

새가슴에 빨간 잉크로 칙칙 그은 것 같은 빨간 핏줄
손톱보다 작은 북을 손톱보다 작은 동생이 콩닥콩닥
두드리는 새가슴
백골이 진토된 할머니의 다정하게 구겨진 영혼

핸드백에서 아래턱을 꺼내듯
갈비뼈 조롱에서 위턱을 꺼내듯
새장에서 새를 꺼내놓고
나란히 앉아 있는
공원의 할아버지들
날개 잘린 영혼들은 할아버지 무릎 위에서 나란히 졸고
그중에 어느 할아버지가 내 아빠인가 나는 새를 뒤적
인다

즐비 즐비 즐비 즐비 즐비 즐비 즐비 즐비 즐비 즐비
즐비 즐비 즐비 즐비 즐비 즐비 즐비 즐비 즐비 즐비

포장도로 양옆으로 늘어선 상자들을 뒤적인다

그렇다고 들어가면 손이 굳는 상자는 아니다
손톱 끝에 피가 맺히는 상자는 아니다
다만 피냄새가 유전하는 손가락
엄마의 자궁 속에는 다섯 형제자매가 부둥켜안은 채
양파 껍질처럼 흐린 피냄새
징그러워 징그러워
손을 넣으면 자꾸만 얇은 얼굴들이 벗겨지는

물개와 물범처럼 우울에 젖은
내 벌거벗은 몸은 이름이 없고

그러나 우리는 다 죽음이라는 라스트 네임이 같고

아빠와 엄마의 형상을 본떠서 만들어진 것들

밀대와 칼로
심장과 살을

밀어라
썰어라

미친 새들로 가득 찬 상자 속으로 이 손을
숨이 막혀 죽을 것 같아 이 손을
헐벗은 걸까? 이 손!

도와줘 도와줘
여기서 좀 꺼내줘
내 목구멍 깊이 상처 속으로

잠들어서도 히죽히죽 웃는 시큼한 부리 속으로
(흐느낌을 참는 내 더러운 옥타브는
피뢰침 끝까지 올라가다가 응급실로 달려가고)

엄마는 이제 제발 그 구멍 좀 닫으라고
나는 이제 제발 그 얼굴 좀 치우라고

# 날아라 병원

눈을 감고 떠오르고 있으면
마취 중인 사람 속을 떠가는 기분

달은 눈동자 속의 수정체처럼 빛나고
그 눈동자의 흰자에 올라앉은 내가
그 사람의 슬픔을 샅샅이 훑어보는 기분

불안정한 기류 속입니다 안전벨트를 매세요
듣는지 마는지 모두 잠들었는지

고층 빌딩에서 유리창 닦는 사람의 줄을
누군가 창문 열고 끊어버려서
그의 아내가 밤새도록 울부짖는 어제의 뉴스

　병원에도 장례식장에도 비행기처럼 일등석 이등석 삼
등석이 있어요

침대별로 나누어져 묶인 채 하나씩 둘씩 여섯씩
견디고 있는 사람들

눈앞은 침몰한 배 울고 있는
바닷속을 비추는 화면처럼 흐릿하기만 한데

병상의 아빠들마저
엄마 엄마 부르고 있는데
무덤 속 엄마들은 다 어떡하라고
엄마를 찾고 있는데

무서운지 무서워하는지 눈빛 두 개가
쌍라이트처럼 얼어붙은 창가에 달라붙고
병원이 대관람차처럼 지구를 한 바퀴 돌아
멀리멀리 날아가는 밤

안은 삶이고 밖은 죽음이로구나
밀봉이 이 생이로구나

나는 이 창살 두른 침대가
날아간다고 생각합니다

저 아래 항구에서 첫 고깃배들이 출항하고
산속에선 거대한 산불이 발아하는데

쥐들이 강의 발원지의 물처럼
쉼 없이 새끼를 낳고 있는데

어두운 내 눈매 속을 날아가는
화물칸에선 애완견들이 짖어대는데

영안실의 관들에도 비행기처럼 일등석 이등석 삼등석
이 있어요
내가 조용히 좀 하자고 거칠게 항의해도
아무것도 들리지 않는 척
하늘 호수를 삐그덕삐그덕 저어 가는 밤 병원

살려주세요 엄마 살려주세요 엄마

죽은 아빠, 너의 잠꼬대

히말라야를 넘어가는 철새들이
귀를 막네


## 레시피 동지


눈이 와
흰 벌판 한가운데
물로 만든 척추처럼
개울이 흘렀다

나는 팥죽을 쑤었다
오른쪽 폐에서 피떡처럼
검붉은 기침이 펄떡거리고

집을 떠나 이곳에 오면서
이름도 적지 않고
초대장을 보냈는데
꼭 올 것만 같았다

공중에서 내려온
흰 시트를 헤치자
아빠, 너가 서 있었다

팥이 다 익었을 때
두 눈에 맺힌 아빠를 닦으며
흰 설탕을 넣었다

눈이 더 와
흐르는 물로 만든 척추를 가진 새가
거대한 날개를 털며
일어나는 게 보였다
작은 물고기들이
폭설처럼 쏟아졌다

쏟아지고 나니 다 은빛 티스푼인
물고기들이었다

1. 오지 않은 날들이여
2. 오지 말고 돌아가라

풍경에서 소리가 다 없어졌다

나는 포스트잇에
아빠 잘 가라고 써야 할지
아빠 가지 마라고 써야 할지
동지의 레시피를 적었다

하얀 동그라미를 빚어
뜨거운 팥죽 속에 ○○○ 자꾸 밀어 넣었다
나의 일부를 밀어 넣는 느낌
죽은 사람과 뭘 하며 밤을 보내지? 생각했다

살을 만지고 싶은데
물 뼈의 풍경이었다

왠지 아직 태어나지 않은 날들에
미안한 생각이 들었지만
한 국자 한 국자
눈밭에 팥죽을 던졌다

눈 속에 피가 활짝 피었다


## 새를 앓다


아빠, 네가 나를 내려다보듯 내가 나를 내려다볼 수 있
으면 좋을 텐데
내가 저 커튼에 그려진 새라면 좋을 텐데
봉 위에 척 올라앉을 수도 있고

커튼이 베란다 밖으로 걸음을 떼면 커튼을 박차고 날
수 있을 텐데
　그러면 무조건 멀리 갈 텐데


　눈을 떠도 늘 어둠뿐인 정면. 내 눈앞에 내 미래, 캄캄
함에 눈을 대고 발산하는 나의 표정은 어떨까. 슬픔이 내
몸보다 클 때의 처방. '새가 되는 법'이라는 매뉴얼대로
해보기로 한다. 문에 방해하지 마시오라고 걸어둔다. 완
전한 암흑. 정적. 매뉴얼엔 각자 반응시간이 다르다고 적
혀 있지만 시간의 흐름을 인지하지 못하게 되는 순간이
온다고 한다. 손발이 차가워지고 얼굴이 축축해지고 문
득 천장에는 새 모양의 얼룩. 꿈을 비추는 등불처럼 막연
한 인광. 딸꾹질처럼 얼룩새가 배어 나온다. 얼룩새는 뜨
겁다. 얼룩새는 흐느낀다. 얼룩새가 얼룩개미를 잡아먹
는다. 얼룩새가 얼룩메뚜기를 잡아먹는다. 얼룩새가 얼
룩뱀을 잡아먹는다. 얼룩새에 사로잡히면 지긋지긋한 충
고들과 멀어지는 장점이 있다. 전깃줄 위에 올라앉아 지
저귀는 부리들의 지겨운 위로와도 멀어진다. 얼룩새를
품다 보면 발가락이 쇠꼬챙이처럼 차가워진다. 고막의

근육이 얇아져 10리 밖의 구더기 소리도 들리는 것 같다. 눈물도 피도 아닌 미지근한 얼룩새를 어른다. 그다음 정적과의 귓속말. 나는 들을 수는 있는데 더 이상 소리를 낼 수 없게 된다. 대신 목구멍에선 새된 비명. 이렇게 될 때가 거의 끝에 다다른 순간이라고 적혀 있다. 내 방문 앞에 나를 위한 음식이 차려져 있다. 향초 냄새를 맡음과 동시에 생각이 몸 밖으로 떨어진다. 몸의 주술이 풀린 듯 일평생의 생각이 하나의 덩어리 같다. 기억이 몸 밖으로 떨어진다. 기억은 생각보다 더 작은 덩어리다. 씻지 않은 몸에서 인광이 자주 올라온다. 인광이 노는 몸이 오로라가 노는 북극처럼 차다. 망연자실한다. 차가운 망각과 뜨거운 망각이 가끔 몸을 들어 올린다. 이때 문을 열고 들여다보는 이가 있었는데 표정이 너무 변해 있어 알아보지 못할 정도였다고 한다. 다만 더러운 장소의 문을 열었다는 느낌, 혹은 귀신이 만들어지고 있는 듯한 느낌 같은 게 있었다고 한다. 나는 형형한 인광과 얇디얇은 고막으로 견딘다. 달밤에 빛이 머나먼 성당의 스테인드글라스를 더듬는 소리를 듣는다. 고통은 없다. 설사 아빠, 너와 눈빛이 마주친다 해도 아빠, 너는 내가 무엇을 바라보는

157

지 알 수 없었을 거다. 밤새도록 너무 예민해서 몸의 구
멍마다 새가 나온다. 검은 종이로 만든 것 같은 천장이
한 장 한 장 낱장을 떨어뜨리는 것처럼 그렇게. 잠시 후
새 백 마리가 나를 바라보는 듯 으스스하다. 나는 이제
깜깜한 곳에서도 시선이 머나먼 곳을 향한다. 그러더니
새 떼가 차례로 나를 콕 찍어 먹고, 콕 찍어 먹고, 콕 찍어
먹고, 콕, 콕, 콕, 콕, 콕, 콕, 콕, 콕, 콕, 콕, 콕, 콕, 콕, 콕,
콕, 콕

삶은 노른자에서 나는 냄새, 쇠비린내. 새의 체온은 섭
씨 42도. 내 겨드랑이가 공허와 정적 위에 올려진다

나는 무조건 멀리 간다

몸에서 심장이 혼자 뛰쳐나온 것처럼
나는 위독한 새

새가 되어보니 새는 너무 비참하다
매 순간 저 따뜻한 유방 아래 잦아들고 싶다

날아가는 까마귀들이 전부 깃털 없이 분홍 알몸뚱이다
천둥도 분홍이다


## 우리에게 하양이 있을까


식탁 아래 걸레 뭉치

날개는 몰아쉬는 숨처럼
뭉쳐져 있고

겨울 하늘 차가운 새처럼 쿨하고 싶었는데

가족을 너무 혐오해 두 손이 덜덜 떨려
숨 쉴 때마다 걸레가 오르락내리락해

푸드덕거리는 소리
와장창하는 소리
어디서나 죄송스러운 집

늘 오빠의 발뒤꿈치 밑에 새 한 마리 있는 꿈

저쪽 발뒤꿈치엔 조그만 엄마가 있었지만 구하러 갈
수가 없어

걸레 뭉치를 옷으로 싸서 어르는 소녀
저 소녀가 나일 리가 없어

아침엔 이빨을 세게 닦았지만 하얘지지 않았어

내 뼈는 닦지 않아도 하얀색일까 생각했어

흰색 빈두 차크라는 아빠에게서
빨간색 빈두 차크라는 엄마에게서
빨간색 생고기가 흰 이빨을 물들이는 나날

절간에서 초를 훔쳐 왔어
이 죄송스러운 집에 흰색을 밝혀볼까 생각했어
티베트 절간에서 나던 냄새
절간의 얼굴들처럼 번들번들한 마룻바닥에서 나는 냄새
뼈에 붙은 살냄새

날개를 질질 끌고 다 올라왔다고 생각했는데
돌아보니 산이 없어
아, 그 지독한 흰 산이 없어
흰색의 잠복 기간은 길지 않아
꼭 더러워지고야 말아
나는 평평한 흰 산에서 편지를 쓴다
이놈의 산, 흰색을 연기演技하다니!

멀리멀리 죽었다가 돌아온
아빠, 너는 올빼미처럼
식탁 위에 올라앉아
낮에는 밤을 보고

밤에는 밤을 보고

너무 부끄러울 때
내가 나를 삼인칭으로 부르며 욕하는 것처럼
아빠, 너는 틈틈이 욕설이야

모두 내 탓이라고 했어
오빠 탓은 아니라고 했어

아빠, 너의 살색 대갈통은
흰색 트럼펫처럼 흰색 머리칼을 내뿜고

오빠의 살색 대갈통은
검은색 트럼펫처럼 검은 머리칼을 내뿜고

피보다 붉은 죄 눈보다 희게
빨래 장인 예수님은 엄마 무릎 위 늘 말씀 중이신데
예수여 백합을 너무 많이 치켜든 엄마의 예수여*
우리 엄마를 백합질식사시키는 예수여

식탁 아래 걸레 뭉치

그 소녀는 걸레 트럼펫처럼 걸레를 내뿜고

내 몸엔 흰색이 없어

나는 흰색을 연기하지 않아

\* 주는 저 산 밑에 백합, 빛나는 새벽별(찬송가, 「내 진정 사모하는」).

**피웁**

**피웁**

나는 나의 그곳을 에이야피야라요쿠울\*이라고 부르기
로 한다

아빠와 나의 얼굴 모양의 죄책감
나의 동시성**과 비동시성***이
피읍 피읍 시작한다

누구도 이름 붙이지 않아서 아무도 그 이름을 모르는
(우리는 탄생할 때 새 이름을 받지만
죽을 땐 아무도 새 이름을 받지 못하는 것처럼)
새들이 밤하늘 높이 날아간다

매주 한 번 주사실에 누워 주사를 맞는다
침대에 누워 늘 내가 쩨려보는 천장의 한 조각 얼룩무늬

병원 침상에서 2년 동안 아빠가 쳐다보던 그 얼룩무늬

나는 나의 에이야피야라요쿠울을 건드리지 말아달라
고 외치고 싶다

나의 피읍과 아빠의 피읍
서로의 피읍이 그 구멍 바깥으로 피를 토하는 그 순간

밤하늘을 날던 새가 천장의 얼룩 밖으로 고개를 내밀
락 말락 하는 그 순간
내가 시계를 차면
전 세계가 5분간 시계를 찬다
그러면 나는 짐짓 또 그 시계 기차를 탄다
내게서 사방으로 시계 기차가 흩어져 간다

두 줄 레일 위에서 5분간 신선한 머리칼을 날린다

아이슬란드 빙하가 내게 안겨온다

피웁
피웁
홀쩍이다가
땅속 깊이 묻혀 있던
신의 피처럼 파란 피가
9미터 높이로
갑자기 분출하는 그곳

그곳이 그곳에 있다는 것

날아가면서 똥을 갈기는 새가
병실 창문에 와 부딪힌다

백색소음 에이야피야라요쿠울이 전 세계로 전속력으
로 흩어져 간다

가늘게 떠는 차가운 손목처럼 새벽의 새 떼가 전 세계
병원의 지붕을 넘어간다

불을 환하게 켠 유리 엘리베이터들이
비 맞는 숲을 헤치고 하늘 높이 치솟는다

내가 지하로 내려갈수록 엘리베이터는 높이높이 떠오
른다

그러면 다시 잠시 아이슬란드에는 푸른 상처처럼 에
이야피야라요쿠울

## 새의 일지

아빠, 네가 죽은 방에서 나는 새가 된다
갈비뼈가 동그래지고
쉴 새 없이 두리번거리는 새가 된다

차곡차곡 오그라든 풍경들이 책꽂이에 꽂힌 방

마야의 여자가 죽은 남자의 머리통에서 해골을 부수
어내고
가죽만 남은 머리통을 뜨거운 모래 속에서 굽는다

167

그러자 주먹보다 작게 오그라든
머리통이 모래 속에서 출토된다
머리카락이 길게 붙은 새의 얼굴이다
여자가 남자의 양쪽 귀에 실을 꿰어 가슴에 매단다


나는 문에 구멍을 내고 간밤의 새를 들여다본다


저것의 눈에서 흰자위가 사라지고
검은 눈동자만 남았다


수영장 바닥에 누워 나는 생각한다 내 방에는 새가 있다
털 없는 새끼를 여럿 낳을 수 있는 새가 있다
그렇게 생각하다 보면 갑자기 수영장 바닥에서 커다
란 새가 솟구친다


누군가의 허리춤을 잡고 오토바이를 타고
새벽 도로를 달려간다 나는 생각한다 내게는 새가 있다
그렇게 생각하다 보면 갑자기 오토바이 뒷자리에 커
다란 새가 앉아 있다

내게는 마야 여자의 가슴에 매달린 해골의 껍데기처럼 오그라든 얼굴이 있다
　내게는 새가 있다 나를 혼자 두면 둘수록 새가 되는 새가 있다


　쪼르르 달려가서 벽에 머리를 박는
　이게 무슨 일이람
　한 번도 포기하지 않고
　이쪽 끝에서 저쪽 끝까지


　책꽂이에 꽂힌 채
　부리를 뾰족이 세우고
　테니스 경기 관람하는 얼굴들이
　이쪽저쪽 쉬지 않고 왔다 갔다 하는 것처럼


　방에는 새가 있다
　뜨거운 겨드랑이에 체온계를 꽂은 현기증이 있다

너 괜찮니? 물어도
고개를 까닥까닥 혼자 있으면서도
사교를 쉬지 않는 저 태도
너무 예민해져서 그 방에 들어갈 수가 없는데도
달아나면 어떡하나 자주 새를 보러 갔다

점점 새가 된다
힐끗새 문득새 잠깐새가 된다

만원 지하철에서 새가 된다
나보다 뇌가 천 배나 작은 새가 된다
지하철 바닥에 모여든 쥐 떼 같은
이빨을 갈아대는 신발들 사이에서
발발 떠는 새가 된다

아저씨가 엘리베이터에서 재채기를 한다
새가 된다

전봇대 아래서 비둘기가 자동차에 깔린다

새가 된다

자주새 더자주새 점점더자주새가 된다

백야의 밤에 태어난 새처럼
잠을 자지 않는 새가 된다

내가 들여다보면 노래하지 않다가
내가 떠나면 노래하는 새가 된다

빨대 같은 목구멍에서
커다란 숲을 게우는 새가 된다

먼저 살을 벗고
그다음 뼈를 벗고
이제 새만 남은
새가 된다

그 새가

저를 들여다보는 초라한 나를 본다

이제 돌이킬 수 없게 되었다
내 인생의 유일한 기적으로
이렇게 되었다

내가 또 방을 들여다보자
새가 처음으로 입을 열어 내게 말했다

가
가

아빠, 네가
죽은 방에서 나는 새가 된다

## 찢어발겨진 새

오늘 온나라 맑음, 무섭지 않니? 하고 날씨가 나에게 물으러 왔습니다

내가 어마어마하게 깊고 푸른 하늘에 빠진 새 한 마리를 상상하자

오늘 온나라 먹구름, 무섭지 않니? 하고 날씨가 또 물으러 왔습니다

정신과 H 교수 진료실 앞 그리고 문밖의 소파까지 나란히 줄 맞춰 앉은 환자들과 그 보호자들의 얼굴을 안 보는 척 보고 있습니다 날마다 온나라 온국민 온날씨 온뉴스 무섭습니다

내 잠옷의 단추를 풀면 푸드덕
무시무시한 잠자리에서

무시무시한 새들이 치솟아 오르리니

내 시집을 찢어 새를 접어보는 나날
나는 『피어라, 돼지』를 날립니다

새는 아무도 안 보는 곳에 가서 혼자 죽습니다
내 시집도 아무도 안 보는 곳에 가서 죽습니다
죽기 전에 이미 실컷 두드려 맞았습니다

매일 밤 문상을 가서 베수건 열고
똑같은 얼굴을 마주 보는 나날

시 혹은 새는 혹은 새 혹은 나는 또 혹은 나라고 말하
고 싶은 새 혹은 이 시는
깃털 아래 닭살을 전신에 감고

오늘 온나라 특급 소나기 무섭지 않니? 하고 날씨가
지치지도 않고 또 물었습니다
나는 상상하지 않고 대답했습니다

특급 무서워

내가 눈도 못 뜨고 온나라 빗속을 걸어가는데
내 작은 요람에 요람보다 큰 발이 들어옵니다

아빠, 발톱 깎아드릴게요

무섭지 않니? 무섭지 않니? 천둥 벼락이 자꾸 묻습니다

나는 오늘 빗발치는 발톱들 속을
딱 5천 마리의 새가 되어 날아갑니다
땅을 박차고 하늘 가득 날아갑니다

새 한 마리마다 다른 날씨 다른 정신병
5천 개의 오늘의 날씨 5천 개의 오늘의 운세
오늘 온나라 우울증 무섭지 않니? 하고 날씨가 또 물
으러 왔습니다

내려다보면 온나라 가득한 병동들

그중 한 병실 안에서 내가 특급 무서워 대답했습니다


## 이 나라에선 날지 마


아빠, 여기서 태어났는데 이 나라를 피해야 한대
　　　　지금껏 살아왔는데 이제부터는 안 된대
이 나라가 나를 찾아다닌대
국경이 봉쇄되었다는데
이 나라에서 발을 떼야 한대
전 국토가 내 발자국을 거부한다는데
내 얼굴을 다 안대
숨 쉬면 죽인대
울면 안 된대

아빠, 나는 물속으로 달아나
눈을 감으면 몸이 떠올라

전부 물이야

아빠, 봐! 물속에선 목이 더 말라 그래서 몸이 떠올라
이봐, 벽에도 누울 수 있어
천장을 딛고 걸을 수도 있어
몸을 둥그렇게 말고 날아
책장에서 책이 쏟아지고
그릇들이 날아가
집이 기울어

수압이 높은 곳에선 시간은 두 발을 끌며 천천히 걷고
침대 밑에선 일천 살짜리 거북이가 나와

여기선 새가 열 손가락으로 얼굴을 가리고 걸어
누가 알아보고 손가락질할까 봐

사람들 보는 데서 주책없이 몸이 떠오를까 봐

아빠, 내가 고개를 숙이고 빌딩 아래로 조용히 날아가면

심해에 앉은 선생님이
죽기가 얼마나 힘든데
빛을 향해 올라가, 더 올라가
엉덩이를 떠밀어

태양은 노란 수상 가옥처럼 수면 위에 앉아 있고
외로운 잠수자의 가슴에선 흐느낌이 차올라

물속에선 신발을 잃어버리기 마련이야
휴대전화를 잃어버리기 마련이야

여권을 잃어버리기 마련이야

나는 지금 공중에서 아파
죽을 만큼 아파 죽을 만큼 목이 말라
눈을 뜨고 싶지만
이 나라가 나에게 잡히기만 해봐라 그런대
전 국토가 내 두 발을 거부한대

# 새 샤먼

새가 오면
나는 안개 속에서 흔들리는 아득한 샌드백 같아요
당신들은 애인을 품었지만
나는 새를 품었다고 말할 수 있게 돼요
새를 가진 사람은 새를 가진 사람을 알아보죠
서로 인사하죠
새들끼리
어떤 춤을 향해서는 저 춤에는 새가 없군 말할 수 있게
돼요


잎맥들이 초록을 꽉 움켜쥐고 있는 것처럼
나는 새가 움켜쥔 사람


열 손가락으로 두 눈을 가린 흠뻑 젖은 새


나는 나에게서 사람을 놓아버린 사람

섬에 오자 자주 새 꿈을 꾸었어요
목매단 새들이 팔을 전부 밑으로 늘어뜨리고 있었어요

어느 날은 나는 새들의 얼굴을 정면으로 마주 보았는데
나에게 할 말이 있는 것 같았어요
주인 할머니에게 밥상머리에서 꿈 얘기를 하자
섬의 방언으로 대답해주었어요
녹음해 가서 커피숍 아르바이트생에게 물었더니
저 산에 목매 죽은 사람이 많았어
아빠도 죽고 엄마도 죽고 그 얘기라고 했어요
할머니는 죽어서 저 산에
묻히지 않을 거라는 얘기라고도 했어요

낮에는 제복이
밤에는 총검이

혼령들을 일렬로 세워놓고
서로 뺨을 때리라고 했어요

아들 혼령에게 아빠 혼령의 뺨을 때리라고 했어요
안 때리면 찔렀어요
때려 더 세게 때려 아빠 혼령이 아들 혼령에게
소리 질렀어요
라고 커피숍 아르바이트생이 말했어요


나는 안개 속의 샌드백처럼 왔다가 갔다가
내가 태어나지 않은 시대의 새를 생각하는데
그 새가 내려다본 광경을 생각하는데


새들이 날개를 폈다 오므렸다
나무에 새들의 발이 묶여 있네요
저 새들의 두 발을 누가 묶었나
생각하다가


새와 인간이 눈을 마주칠 때 누가 누구를
만물의 영혼이라 생각할까 궁금해졌어요


미지의 행성에 도착했는데 새들만 산다면

여기서 어떤 기억을 간직하고 이제껏 살아왔니? 하고
어떻게 새에게 물어볼까요?

새새

새새

새새

새새

새새

새새


산이 깨어지는 것처럼 새가 울부짖어요


사람을 놓아버린 사람이

사람을 놓아버린 사람에게


안개 속에서 샌드백처럼 흔들리면서


새

새야, 네가 본 것을 말해보렴


## 그 사진 흑백이지?


가출한 달의 머리를 깎고 발목을 묶어
새장에 넣은 다음
밥도 주고 그럭저럭 기르는 나날
달을 키운 다음
달의 몸을 풀어
내 수의를 짜게 해야지
아빠는 말했다

내가 창문 앞에 앉아 먼 산봉우리에 손을 갖다 대면
내 손은 저 산보다 높다

나는 한 손으로 산을 움키고 산의 허벅지를 쓸어내릴
수 있다
　나는 늘 나에게서 시선을 떼지 않는 저 풍경보다 크다
　나는 내 코 양쪽에 엄지손가락 두 개를 붙이고
　여덟 손가락을 새의 볏처럼 편 다음
　서울의 높은 산보다 더 높이 나는 큰 새가 될 수 있다

　하루 종일 창가에 서서 내가 커지는 놀이

　심지어 서울 풍경과 일대일 할 수 있을 것만큼 나를 키
우는 놀이

　지금은 붉은 노을이 코를 찌르는 시간
　창 앞을 떠나지 않는 나를 질투하는 태양이 노란 성게
젓갈 냄새를 풍기며 떠나면

　내 방의 커튼은 구름 밖에 있다
　아주 멀리 있다
　커튼을 치면 심지어 먹구름이 딸려 온다

내 세수수건은 저 산의 정상에 걸려 있다
아주 멀리 있다
얼굴에서 어푸어푸 물을 흘리며
얼굴을 닦으러 멀리 갔다 오는 나날
혹은 발가벗고 물을 뚝뚝 흘리며
슬리퍼를 직직 끌며 젖은 수건을 들고 산으로 가는 나날

먼 밭에서는 우산이 가득 자라고
어느 집 다정한 아빠와 공손한 딸이 우산 두 개를 뽑아
비를 긋고 간다 참 아름답다
나의 아빠는 말했다
멀리 있으면 다 애틋하지
나는 아빠를 젖은 수건처럼 참 멀리 두고 싶었다
나와 아빠는 식탁에 앉아 일생 동안 두 마디 말을 나누
었다
그 말의 내용은 나중에 밝히겠다

다시 말하지만
저 풍경보다 큰 내가 사는 우리 집은 얼마나 큰지

노를 저어 가서 베개를 건져 와야 잠을 잘 수 있을 정
도다

우리 집은 또 얼마나 높은지 날아가는 새를 베개 삼아
야 할 때도 있다

우리 집은 또 얼마나 아득한지
허공에 매달린 젖을 쪽쪽 빨아 먹어야 잠이 올 때도 있다

그럼 이건 어때?
우리 집에서는 복면을 하고 노를 저어 가서
칼날 같은 수평선에 올라앉은 나의 새에게 모이를 주고
물 위에 널어놓은 아직 피가 마르지 않은 이불을
끌어와 덮어야만 잠이 올 때도 있다

그래도 내가 돌아가신 아빠의 사진을 찍자
돌아가신 아빠가 달의 몸을 풀다 말고 나에게 물었다
우리가 아직도 태중에 있는 것처럼

그 사진 흑백이지?


## 부사, 날다


매일 그 시간 아빠, 네가 깨어난다.
내 시간으로 말고 망자의 시간으로 그 시간.


아빠, 네가 내 흐느낌 속에서 속삭이듯
새아빠가 한 분 나타나셨으니.


짧게 친 머리칼은 새벽처럼 서늘하고
앵두보다 작은 엉덩이는 눈물의 발원지를 찌르듯.


아빠인가 하면 새이고 새인가 하면
눈발같이 밀가루같이 새하얗지만 내 손으로 휘저어지
는 얼굴.

그 새가 내 얼굴에 앉았다 날아가면 내 얼굴이 사라졌다.

내 얼굴이 있던 자리엔 존재하는 듯 부재하는
은은한 부사의 울림만 남았다.

나는 이름을 달기도 전에 사라진 생명같이 희끗하였다.
내 머릿속이 하얀 종이로 만든 북극처럼 텅 비어갔다.

나는 오른팔로 두 눈을 가린 다음 쓰러졌다,
베로나의 성당 차가운 바닥에.
나는 또 그 시간인 줄 알았다.

아빠, 네가 죽은 시각은 11시.
내가 아빠, 너의 죽음을 예감한 시각은 새벽 4시.
꿈의 창밖으로 아빠!
새가 한 마리 스쳐 갔어.
그 새의 목은 심야 버스 운전사의 목덜미처럼 섬뜩하
고 왠지 아빠, 너 같았지.

성당에 모인 사람들이 죽은 이를 하나씩 켜 들고
성모승천대축일 찬송을 부른다.
우리나라는 지금 광복절.

천장에서 물이 새듯.
차가운 새가
각자 하나씩.

아빠, 너는 손바닥만 한 작은 외투.
지금 막 태어난 아기에게 입힌 외투같이 작은 외투를
입고.

죽음의 추위를 견디고 있는
조그맣게 줄어든 작은 인생같이.

아빠, 너의 섬망이 시작하면 언제나 6·25가 다시 시작
했다.
아빠, 너는 총을 들었던 전장으로 언제나 낮은 포복으로.

이불이 침대 아래로 떨어지고
어느 편 참호에 아빠, 너의 촛불이 악착같이 펄럭이는지.
엄마는 간호장교로 호명되고, 나는 의무병이 되어서
병사의 비명을 향해 돌진했다.

엄마와 나는 계속해서 물었다.
아빠, 내가 누구야?
아빠, 내가 누구야?
그러면 명사와 동사를 다 잊은 아빠가
이미 미리 이미 미리
그리고 다시 이미 미리 이미
부사만 외치다 말았다.

내가 지금 성당을 나와 왼손 오른손 번갈아 끌고 가는
시끄러운 구급차 같은 이 여행 가방엔 무엇이 실려 있나.
북극으로 싼 선물처럼 흰 종이에 싼 조그만 아빠, 네가
들어 있나.

아빠, 너를 아무 데나 데리고 오는 작은 외투가 펄럭이자

주인을 잃고 무게도 잃은 풍경이 펄럭거리며 나를 따라왔다.

　우리가 모두 죽은 다음
　부사만 남은
　그런
　세상이
　나를 감쌌다.

　이미와 미리 사이에서.


## 해파리의 몸은 90퍼센트가 물이다


　나는 요새 무서운 말을 적어 목에 묶고 다닌다
　복도를 슬슬 걸어가는데
　학생이 나에게 물었다

선생님은 요새 왜 새만 적어요?

나는 지하에 새를 발명하러 왔다

나에겐 심해의 바람을 타는 해파리처럼
작은 우산들이 발가락 사이마다 끼워져 있다

흰옷 입은 아빠의 손발을 거두었다
먼저 손을 묶은 끈을 발가락 끝에 건 다음
발을 묶었다
좁은 관에 넣을 수 있도록

아빠가 두 손을 머리에 꽂은 것 같은 새 모자를 쓰자
  나는 연약한 새의 깃털 한 개의 기척을 몸 어딘가에서
느꼈다

죽어가는 사람이 다 적지 못한 편지 조각은
이불 위에 펼쳐져 있었다

나는 폐허를 풀풀 날아다니는
내가 계속 적지 않으면 떨어져버리는 새를 생각했다


연필 밑에 꾹꾹 밟히는
죽음으로 가는 축지법을 쓴 종이


나는 요새 망자의 편지를 목에 묶고 다닌다


내 목의 깃털을 뽑아서 이 글을 다 쓰면
새는 날아가겠지


망자가 자신이 죽은 순간을
천천히 아주 천천히 온종일 다시 돌려보듯
독수리는 순간을 길게 늘일 수 있다고 들었다
먹이가 포착된 순간부터 그것을 낚아챌 때까지의 순간


아빠의 입속에 날아가실 때 여비로 쓰세요
동전 세 닢을 넣는다

(한국어로는 아빠를 이인칭으로 부를 수 없다)

(선생님은 이불 속에서만 이인칭으로 부를 수 있다)

계속 단추를 누르고 있어야
계속 열려 있는 엘리베이터처럼

피아노의 페달을 계속 누르고 있어야
투명한 저 새가 떨어지지 않는 것처럼

계속 비를 맞아야 한천이 되지 않는
해파리의 우산처럼

나는 아빠 떨어지면 안 돼요
깃털을 뽑아
새의 말을 적는다
계속해서 적는다

다른 학생이 다음 날 물었다
선생님, 선생님은 왜 목을 가리고 다니세요?

4부
여자들은 왜 짐승이 말을 할 수 있다고
생각하니?

# 화장실 영원

빈집이 있었다
오래도록 빈집이었으나
언제부터인지는 알 수 없었다

빈집에 모니터가 하나 오래 살고 있었다
아시다시피 관객은 없었다

아주 천천히 삼백육십오분의 일 배속보다 더 천천히
진행되는 화면이었다
눈먼 오랑우탄이 검은 태양에 눈을 맞춘 채
시간의 흐름을 가늠해보는 것보다 더 천천히 시간이
흘렀다

화장실엔 숙녀용과 신사용이 있었다
여자아이는 천천히 그보다 더 천천히 숙녀용으로
남자아이는 천천히 그보다 더 천천히 신사용으로
문틈으로 보이는 대리석 바닥

깨끗한 도시보다 더 깨끗한

깨끗한 굴뚝보다 더 깨끗한
세면대와 변기 들이 깨끗한 빌딩보다 더 깨끗하게 늘
어선
그곳으로 천천히 아이들이

슬퍼서 비늘이 하나하나 돋아 나온

온몸에 비늘이 돋아나서 더 슬픈 물고기 두 마리처럼

아이들이 물속으로 미끄러지듯

소독약 냄새 나는 화면 속에는

여자아이의 흰 구두 흰 매듭
남자아이의 흰 모자챙 흰 양말

그렇게 천천히 화면이 흘러서
꿈에서 흐르는 강처럼 천천히 흘러서
물결치는 실크처럼 천천히 흘러서

그 실크에 슬픈 물고기가 눈물을 닦는 것처럼 천천히
흘러서

오랜 세월이 흘러도 아무도 돌아오지 않는 강가에서
몇십 년인지 몇천 년인지 빈집은 화면을 끄지 않고
무한한 기쁨으로 가득 찬 교회를 품은 권사님처럼 화
면을 끄지 않고

여자아이는 숙녀용
남자아이는 신사용

우리에게는 흑백으로 재생되는 추억밖에는 없어
이토록 추운 추억
결국엔 모두 흑의 노리개

결국엔 우리가 눈을 감고 마주 보게 될 거야

질문, 저 아이들의 얼굴을 볼 수 있나요?
질문, 저 아이들은 자라서 숙녀와 신사가 되었나요?

질문, 저 아이들은 매일매일 어디를 가나요?


빈집에 냉담하고도 담담하게 손을 흔들며 천천히 사
라지는
그러나 사라지지 않는 화면이 살고 있었다


정적의 흡반 생물들이 가득 달라붙은 지붕 아래
뒤꿈치를 들고 곤충들이 천천히 아주 천천히 기어 다
니는 지붕 아래
누군가 정적의 금빛 심벌즈를 부딪치려는 듯, 그러나
아직, 그 지붕 아래


한 개의 눈빛이 억겁의 시간 동안 천천히 거울을 보는데


쏟아지는 하얀 음악 속에는 하얀 멜로디가


개미 한 마리가 거미 한 마리의 사체를 끌고
저 언덕을 넘고 저 설산을 넘어가는 그 시간만큼 천천
히 내 귓속으로

그 천천히 속에서

여자아이는 숙녀용
남자아이는 신사용

그런데 저 사람, 모니터에 비쳐지지 않은 저 사람
거울 앞에서 왜 그리 오래 빗질을 하고 있는지

# 사라진 엄마
# 사라진 부엌

 

사라진 부엌을 따라나서자 사라진 부엌들만 만나게 되었다.

사라진 부엌들이 사는 곳도 알게 되었다.

사라진 부엌끼리 알아보는 법도 알게 되었다.

그들도 아침이면 우유를 꺼내고 신문을 읽고 커피를 마시고 옷깃을 스치고 버스를 타지만 단 한 가지.

사라진 부엌은 자신이 사라진 부엌이라는 걸 모른다는 것.

사라진 부엌이 나무 그림자들 늘어선 거리에서 마치 아케이드를 거니는 것처럼 한가로이 거닐기도 한다는 것.

거울 속에서처럼 나무들이 뿌리가 없고 산맥들이 무게가 없는데도

봄이 왔구나 여름이 가는구나 폐허를 폐허인 줄 모르고 맴돈다는 것.

사라진 부엌을 따라나서자 바람이 식칼처럼 아프다,

조용한 햇살이 도마 위의 피처럼 아리다,

냄새가 프라이팬에서 요리되는 먼지처럼 쓰다.

사라진 부엌은 사라진 부엌에서 한 발만 내디디면 다시는 돌아올 수 없다는 것을 알고 있을까.

무시무시한 사건들은 제일 가난한 사람들에게만 오고,

평생 들고 다니는 바구니 속의 피 묻은 머리처럼 다가오고.

사라진 부엌에서 사라진 엄마들이 둘러앉아 그 머리를 사과처럼 돌려 깎는다.

사라진 부엌에서 저녁을 먹으면 숟가락이 피투성이가 된다.

사라진 부엌의 냄새를 맡지 마라,

사라진 부엌의 창문을 열지 마라.

그러면 사라진 부엌이 죽을힘을 다해 사라진다.

죽은 사람이 죽기 전보다 더 힘껏 사랑할 수 있는 것처럼

사라진 부엌도 요리를 한다는 것.

죽은 사람이 다시 한번 죽을 수 있는 것처럼

사라진 부엌도 다시 한번 사라져갈 수 있다는 것.

거울 속 수은에 잠긴 듯 사라진 부엌도 사라진 사람처럼 눈부시다는 것.

사라진 부엌에서 사라진 돼지 천 마리,

사라진 닭 만 마리,

사라진 물고기 십만 마리.

사라진 울음소리 백만 마리.

사라진 부엌을 따라나서자 사라진 부엌이 따스한 눈동자를 짓이겨 따스한 김을 올리며 나에게 가르쳐준다.

사라진 부엌을 한 번만 더 깨우면 절대로 안 된다는 것.

그러면 사라진 부엌에서 사라진 것들이 모두 다 눈을 뜬다는 것.

사라진 세상의 사라진 엄마들이 에이프런을 두르고 식칼을 든다는 것.

이 부엌에서 내가 이 시를 마치고 그만 눈뜬장님처럼 돌아서 가야 한다는 것.

# 들것

들것을 든 남자는 위험하지 않다.

들것은 친하다. 들것을 들고 계단을 내려가야 하므로. 네가 높이 들면 네가 몸을 낮추고, 네가 몸을 낮추면 네가 두 팔을 들어 올린다.

들것은 살려야 한다고 외친다. 고통을 줄여줘야 한다고 외친다.

들것은 들것을 든 손을 놓을 수 없다.

들것은 엘리베이터를 탈 수 없다. 들것은 버스를 탈 수 없다. 들것은 지하철을 탈 수 없다.

앞서가는 뒤통수는 낯이 익다. 나와 입을 맞출 때 내 얼굴을 받쳐주던 뒤통수다, 내가 거울로 훔쳐보던 뒤통수다. 내가 떨어질 때, 떨어져서 튀어 오를 때 내 숨을 받쳐주던 뒤통수다. 유체 이탈한 내가 바라보던 뒤통수다. 그렇지만 저 얼굴을 봐서는 안 된다. 너는 돌아보면 안 된다. 그러면 내가 죽는다.

들것이 숨이 차서 낄낄거린다. 빨리, 빨리 하다가 낄낄거린다.

다시 말하지만 들것은 위험하지 않다.

들것이 나를 먹이고, 옷을 갈아입히고, 아침에 씻겨서 내보내고, 가방도 들어주고, 내 아이의 콧물도 닦아주고, 무엇보다 웃어주고, 이렇게 들고 다녀줬으면.

생각하는 찰나

들것이 뛴다. 나는 살아 있을 때보다 더 무겁다. 영혼이 없는 것은 무겁다. 그러나 나는 내가 가볍다. 갓 태어난 새보다 가볍다. 가벼워서 몸을 내려다볼 수 있다. 멀리 갔다가 금방 돌아올 수도 있다.

벽제 화장터 앞에서 분골함을 받아 든 청바지가 흰 가

루를 화장터 출구에 확 쏟고 간다. 미숫가루처럼 쏟아진 골분이 잡풀 위에 가득하다. 여자의 구겨진 사진이 화장터 앞에서 바람 소리를 듣고 있다. 여자의 사주를 보던 늙은 여자가 말했다. 네 임종의 침대 옆엔 단 한 사람이 서 있을 거야. 그 사람도 너를 버릴 거야.

들것이 계단을 내려간다. 한 층 한 층 내려갈 때마다 센서 등이 켜졌다 꺼진다. 들것은 한 층 한 층 낮아진다. 처음 보았다, 이 천장을. 천장의 페인트칠이 벗겨진 부분을. 그 부분에서 고개를 내미는 작은 새를. 그 새의 애처로운 얼굴을. 그 새의 발가락 젓가락을. 그 새의 마스카라 칠한 눈썹을. 아까도 말했지만 들것을 든 손은 괜찮다.

나는 들것에서 살았으면 좋겠다. 나룻배처럼 출렁거리지만 괜찮다. 나는 들것에서 빨래하고, 세수하고, 노래할 수 있다. 나는 나룻배의 틈새로 몰래 올라온 물고기처럼 출렁출렁 혼잣말한다.

사실 나는 인어다. 깊은 바다에서 올라와서 머리카락

은 차갑다. 입술은 파랗다. 사실 우는 것 같지만 우는 게
아니다. 지금은 걸을 수 없다. 낚싯바늘이 성대를 뚫어서
목소리가 안 나온다. 나는 좌판에 던져질 신세다. 죽은
다음 더 비싸질 거다.

들것에 실려 실비아 플라스는 계단을 다 내려왔다. 이
제부턴 더 이상 죽지 않아.

공항의 보안검색대 위에 가방이 올라가듯 들것이 바
퀴 위에 올라간다.

들것을 놓은 손은 무섭다.

빈손은 무섭다.

# 않아

음악이 없으면 걷지도 않아
레이스가 없으면 슬립을 입지 않아


때리면 피가 나는 드럼이 있어
맞으면서도 춤추는 데를 떠나지 않아


무너진 바다에 무너진 배 무너진 밤
무너진 배는 떠나지 않아


교황 아버지 앞에선 촛불을 들고 춤을 춰야 해
물속에 비친 촛불은 흐르는 피를 닦지 않아


출렁출렁 고통밖에 없는 고통이 흐릿한 뼈를 일으키
는 밤
이생의 모든 내 얼굴이 나를 불러도 돌아보지 않아


물속엔 메아리가 없어서 울지도 않아
내가 여기 없어도 나는 떠나지 않아

아직
않아

# 중절의 배

빛에 민감해졌다
빛이 스칠 때마다 피 맺힌 입술을 잡아 뜯었다

검은 커튼을 이마에 치고 식탁 앞에 앉았다
빛이 고문 경관처럼 정수리를 잡고 비틀었다
아직 펼쳐지지 않은 포동포동한 주먹이
나 대신 빛에 꼬집히고 있었다

변덕이 심해졌다
감정에 휘둘리지 않는 사람이 되고 싶다고 굳게 결심
했지만
좋았다가 싫었다가 무서웠다가 기운이 없어졌다
감정 과다 충동 장애가 생겼다

아녜스 바르다의 「노래하는 여자 노래하지 않는 여자」
에는 프랑스가 낙태를 허용하기 전 네덜란드로 낙태 여
행을 가는 여자들이 나온다. 중절 수술 후 그 여자들이
암스테르담 운하에서 배를 타고 관광을 했는데, 그 배를
중절의 배라고 불렀다. 중절의 배를 타고 한 여자가 노래

를 부르는 장면에선 빈 자궁의 허망한 노래를 듣는 것 같
았다. 아기들은 꺼내져 불에 타고, 여자들은 배를 타고
운하를 내려갔다.


　말하다 말고 침이 흐른다
　콧물이 길게 떨어진다
　우는 건 아닌데


　너무 오래 암막 커튼을 치고 살았나
　머리에서 문득 수사슴처럼 나무가 올라온다
　나는 암컷인데
　나무에 아기 심장이 맺힌다
　심장이 익는다
　포크와 나이프를 던지고 뛰쳐나간다


　내가 뛰면 옆에서 터널이 한 개 같이 뛴다
　터널이 울며 따라오다가 매우 길어지기도 한다
　아기를 뗐는데도 아기가 떼지지 않는 여자가 달려간다
　터널을 지나면 아기가 떼졌다가

터널에 들어가면 다시 붙는다

네덜란드에서 출항한 레베카 곰퍼츠의 배, '파도 위
의 여성들'은 낙태가 금지된 나라의 임신한 여자들과 의
사와 간호사들을 싣고 공해로 나간다. 그 배가 낙태 금
지 국가의 항구에 잠시 정박하면 배에 승선한 성모마리
아가 제일 먼저 '내 자궁은 나의 것' 플래카드를 들고 나
간다. 그러면 그 나라의 건장한 남자들은 배를 둘러싸고
떠나라 떠나라 주먹을 흔든다. 여자들의 네덜란드Nether
-Lands는 파도 위에 있다.

빛에 민감해졌다
피부가 시멘트에 쏠리듯 빛에 쏠리면 피가 배어 나온다
봄을 맞은 나뭇가지 위에 침 흘리는 조막만 한 아기 심
장들이 열렸다

# 물구나무 팥

정엽이는 집 떠나고 싶으면 등산용 배낭을 짊어지고
설거지를 한다
2층에서 마당으로 트렁크를 던지기도 한다

그러나 그보다 더 자주 우선 정성을 다해 팥 한 알을
그린다
그 팥을 먼저 기차에 태우고 혹은 큰 배에 태워서

그러다 주체할 수 없이 주머니에서 쏟아지기 시작하
는 팥
장갑을 벗자 손가락 대신 팥
끝없이 팥
가랑이 사이에서 발가락 사이에서 눈물처럼
월경처럼 참지 못하는 팥

정면에 가득 팥
이빨 사이마다 팥
팥달이 떠오를 때까지 팥

정엽이는 집 떠나고 싶으면
가랑이 사이로 하늘을 본다
피 맺힌 하늘에 비행기 한 대

정엽이는 붉은 소나기가 쏟아지는 저녁
도로마다 넘치는 붉은 파도를 좋아한다

예술의 전당이 태풍을 만난 보잉 747처럼
깊바다 속에 머리를 처박고
소프라노는 거꾸로 매달려 객석으로 머리칼을 흔들며
나비 부인님의 「어떤 개인 날」을 부를 때

거대한 여자의 거대한 아기가
볍씨 같은 눈을 뜨고
엄마 배 속에 매달린 채
웃음을 터뜨릴 때

깊은 곳
이곳 아닌 곳

가랑이 사이 충혈된 달이
전 세계 도처 팥의 사원들을 애무할 때
기도하는 두 손들 사이마다
팥

아기를 다 낳은 엄마가
마지막으로 한 번 더 태반을 낳으며
힘차게 공중의 변기로
팥! 할 때

정엽이의 월경은 공중에 매달린 채
정엽이의 버찌 두 개는 그 아래에 매달린 채

우리도 공중에 매달려 신발이 닳는다
기장도 승객도 머리칼 아래는 공평히
팥
바다

바다가 거대하고 거대한 그릇에 팥을 씻는 소리

팥 하나가 목덜미를 타고 내리는 우울
팥 하나를 빨아 먹다 삼켜버린 고독
사실 팥 하나에 모든 감정

이것은 피 한 방울이 몸 밖으로 시작하는 것에 관한 얘
기라고 할 수 있다

정엽이는 풀어진 운동화 끈을 매고
위장 취업 전선에 복무하던 미혼 시절처럼
제 이빨을 제가 뽑아 들고
살아간다는 것에 맞서듯
어김없이 팥 한 알
뿌리도 내리지 못하는 팥 한 알
사실 두려움 하나일지도

우선 그렸어, 팥 하나
정엽이는 씩씩하게 나에게 말한다

눈물보다는 팥 한 알!
비행기에 태워
비행기를 끌고
현관을 지나 버스 정류장을 지나

팥!

# 마취되지 않는 얼굴

강이 마르자 드러난 매끈한 돌 하나
마른하늘에서 단 하나의 빗방울 떨어지자
온갖 불행을 다 맞이하고 나서도 한 번 더 불행해지는
돌 하나

머리칼 다 떨어지고도 따끈한 얼굴
주삿바늘도 꽂을 수 없이 딱딱해진 얼굴

뺨 맞고 정신 아득해질 때 오른손에 꽉 움켜쥔 얼굴
보도블록 깨뜨려 치마에 담아 들고 가서 우르르 쏟아
준 얼굴
나는 왜 저 여자를 여기 두고 떠났나

몇 걸음 떨어진 돌멩이들에는 저 여자의 모세혈관들
가느다랗고 붉은 금들 살짝살짝 그어져 있고
그렇게 강바닥에 온몸을 늘어놓고 긴 세월 잠들어 있
을 수 있었다니
기차를 타고 먼 길 달려갔던 어느 날
철길에 천지 사방에 살을 흩뿌리며 달려갔듯이

가스실 문 열리면 우르르 쏟아지던 민얼굴

흐린 구름 그림자 그대로 받으며
어느 돌 아래에 축축한 심장을 눌러놓고
복도를 돌아 응급실을 지나 중환자실을 지나 멀리멀리

머리맡에 조그맣게 우는 웅덩이 하나 두지 않고

박동

220

# 폭설주의보

네 편지를 열면 새들이 차곡차곡 든 상자가 열리네

편지에서 나온 새 떼가 울울창창 내 나무 내 숲 다 뭉
개네
일찍 나온 내 쓰라린 젖꼭지들 다 따 먹네
희디흰 쑥대밭이네

고백을 하고 나니 후련하다고
우리의 스크린은 이제 흩어졌다고
너는 틀렸다고 언제나 틀렸었다고
너는 손뼉을 치면서
치유받았다고
이제 구원받았다고
만면에 죽은 정원 같은 미소
심지어 나를 이해한다고

너의 고백이 나를 죽인다. 울 엄마를 죽인다. 울 언니
를 죽인다. 죽은 정원엔 희디흰 새 떼의 열병식 아무한테
도 말 못 할 과거라더니 정말 알고 싶어? 듣고 싶어? 윽

박지르고 날개로 **뺨**을 갈기더니 그만 날개를 벗고 팬티
를 내린다.

　나보다 먼저 떠나갔던 글자의 받침들이 떨어진다
　쌍쌍이 손잡고 눈발 사이 뛰어가는 바짓가랑이들처럼
떨어진다

　헤어졌
　죽었
　잊었

　이맘때 끔찍하게도 똑같은 네 고백
　싹들의 숨통을 틀어막는 내 과거(라 이름 붙인 것들)
　너는 없고 나만 있는 ㅆㅆ ㅆㅆ ㅆㅆ
　밤새도록 내 알몸에 흰 수의를 입히네
　내 손가락 발가락을 눈 속에 파묻네

　네가 나에게 쓰라리라 하네
　네가 나에게 진창이 되라 하네

불쌍하고 쓸쓸한 여자가 되라 하네

마지막으로 폭설을 맞으며 알몸으로 서로를 씻겨주면 어떨까? 하네

순결한 그대여! 노래하며 박수를 치더니, 똥강아지처럼 박수를 치더니 왜요? 왜요? 물었으니 모두 내 책임이라 하네. 말 못 할 비밀이라더니, 영원히 간직할 거야 하더니 천지에 가득히 흰 새 떼들이, 나는 죽고 한밤중에 찾아오는 눈사태처럼 설인의 그 발자국들이

내 과거를 만드는 똥구멍 같은 받침들이

# 합창대

소년들이 서서 노래한다

합하여 소리를 낸다

제일 맑은 소리를 내는 애는 어미 없는 놈이다 애비마
저 달아난 놈이다

제일 낮은 소리를 내는 놈은 방화범이다 틈만 나면 성
냥을 그어대며 힐끗 웃는 놈이다 대형 산불에 환희에 젖
는 놈이다

저 음치는 70세가 넘은 나이에 소녀를 납치해 와 다락
방에 숨긴 놈이다

커다란 자물쇠로 소녀의 발에 쇠사슬을 단 놈이다

제대한 지 언젠데 몸에서 군대가 지워지지 않는 놈이다

아직도 시신이 발견되지 않은 놈은 베이스다

죽은 소녀를 베고 있다

어느 놈은 바위 아래 백골이 진토된 놈도 있고 강물 속
에서 살이 벗겨지고 물고기 집이 되었으나 누구도 행방
을 알고 싶어 하지 않는 놈도 있다 소년들이 노래를 하고
있다 덜 익은 순대 곱창 소시지 발효 중인 총각김치가 노
래를 하고 있다

스테인리스 미끄러운 판 위에 누운 시신이 노래하고

있다 목에 검은 나비를 묶고
소년들이 노래하고 있다


*여자들의 따뜻한 사랑을 얻은 남자들아!*
*환희의 송가를 다 같이 부르자!**


착하지 정말 착하지 나는 저놈을 따라간다
착하지 정말 착하지 나는 저놈 발아래 꿇어앉는다
나는 맹인견 저놈은 맹인 조율사 같지만
나는 한 번도 대답을 한 적이 없지만
이 침묵의 끝에는 망가진 피아노들로
꽉 찬 창고가 기다리고 있다
피아노들 사이에 저놈이 나를 꿇어앉히겠지만
저놈이 지휘봉을 들기도 전에
나는 망가진 피아노처럼
바지를 벗어주었다고 말하겠지만


착검한 병사들처럼 죄수들이
어젯밤에 지은 시를 읊어대고 있다

교관은 전직 시인이다

그는 감옥 밖에서 쓴 시를 외우는 것을 좋아한다

전직 시인 아닌 자가 드문 마당에

그는 여전히 전직 시인이다

눈물이 오줌처럼 솟구치는 시

아내를 때리고 난 다음 껴안는 시

아내의 머리칼이 빗물처럼 흘러내리는 시

남자의 서정이 애무하는 시

매일 밤 울고 싶지만 시에다 싸는 시

(무슨 말인지 몰라 화가 나는 시는 죽여야 한다

그에게는 시상식에서 만난 여자 시인을 때리고 싶은 시

가 있다)


소녀들이 서서 노래를 한다

제일 맑은 소릴 내는 아이는 아들에게 따귀 맞는 엄마다

내놔내놔 없어없어 맞는 엄마다

제일 높은 소리를 내는 아이는 죄 많은 년이다

틈만 나면 제 머리를 자른다

팔뚝을 칙칙 긋는다


226

밖에선 근엄해도

집에 들어오면 방문을 걸어 잠그고

뒤집어쓴 똥물을 닦는다

마음 따로 몸 따로 비밀이 많다

알토를 담당하는 저 여자는 주인이 바캉스 떠난 집에서 발가벗고 소파에 누워 단팥빵을 먹는 가정부다

이 합창의 가사가 너무 유치해 울고 싶을 뿐

그러나 이미 사라진 여자들이라는 건 우리가 다 알고 있다 억울하게 사라진 여자들을 기리는 사이트에 이미 이름이 올려져 있다

소녀들이 노래를 한다 호흡 곤란 빈맥 발한 심계항진 파리한 얼굴 검은 안색 헐떡거림이 노래를 한다 가스실로 태워지려 들어가는 사람들에게 불러주는 노래 같다 기쁜 노래 기쁘게 못 부르면 죽어야 한다

스테인리스 미끄러운 판 위에 누운 시신들처럼 노래한다

흰 드레스 흰 구두 흰 면사포

결혼 의복인가 수의인가 헷갈리게 차려입고 제일 높은 소리를 낸다

*환희! 환희! 환희! 아름다운 하나님의 광채여!*

*낙원의 딸들아! 정열에 취해 빛이 가득한 성소로 가자*\*\*

---

\* 베토벤 교향곡 제9번 「합창」.
\*\* 위와 같음.

## 할머니랑 결혼할래요

할머니 눈을 그렇게 꽉 감겨드릴 필요는 없었는데.

할머니의 삼베 수의 치마 솔기마다 씨앗을 심어드린다. 그 솔기들에서 싹이 튼다.

거짓말하는 양배추는 되지 마, 할머니의 평생 유일한 충고.
나는 말하는 양배추밭을 가꾼다.

달콤하고 끈적거리는 비를 보내는 이와
씩씩하게 비 맞는 이가 만나서
좋아 죽겠다고 한다. 결혼하자고 한다. 둘이서 하나씩 혼례복이면서 장례복인 흰 치마를 입고 결혼하자고 한다. 천지에 물꽃이 천만 개 핀다.

비가 할머니의 다리를 씻기고 있다. 할머니의 몸이 서울의 북쪽 산에서 남쪽 톨게이트까지 걸쳐져 있다. 나는 할머니의 높고 높은 이마에 걸터앉아 '나는 기억한다 할머니를' 하는 구절로 시작하는 문장을 백 개 만들어드린다.

나는 할머니 몸을 몽땅 덮을 수 있는 우산을 구상한다.
나와 결혼식 하객들을 다 덮을 우산을 구상한다.

할머니 이제 땅 많아요. 이거 다 할머니 거예요.
할머니 살아생전 땅이라곤 입은 치마밖에 없었는데.

그렇지만 잠시 후 검은 하늘에 주렁주렁 열려 있던 양
배추들이
땅 위에서 픽픽 깨진다. 머리통이 찐득거린다.

해바라기씨 같은 아이들은 어두운 성당 고해실에서
두 손을 모으고.
죽은 이들이 다시 사는 일이 없기를 두 손을 모으고.

나는 비를 맞으며 내가 눈을 감겨드린 할머니를 생각
한다.
나와 내 할머니가 비 맞으며 결혼 행진하는 걸 생각한다.

# 흉할 흉


그는 꽃병을 길러서 아내로 삼았다

꽃병은 너무 고요해서 감히 말을 붙일 수조차 없었다

그는 말했다 집에 가만히 있으라
내가 돌아올 때마다 입꼬리를 올리라

그는 벙어리가 된 꽃병 속에 몸을 숨기는 걸 즐겼다
꽃병에게선 지독한 냄새가 났다

집에 들어간 검침원이 말했다 뭔가 섬뜩한 느낌
수천 개의 눈동자가 숨어서 쳐다보는 느낌
빈 부엌에서 갑자기 수도꼭지가 돌아가고 물이 나오
는 느낌

꽃병은 그 집에서 아무것도 한 것이 없었다
그저 썩은 꽃이나 입에 물고 있을 뿐
창문이며 찬장이며 컵이며 밤새도록 달그락거리게 할 뿐

가끔 탁자에서 튀어 올라 제 머리를 산산조각 내볼 뿐
 늘 같은 시각 같은 공중에 직선으로 누워 어디든 재빠
르게 몸을 날릴 수 있을 뿐
 침대 위에 머리칼을 늘어뜨리고 몇 분간 떠 있을 수 있
을 뿐

 그러나 그의 눈동자를 오래 들여다보면 그곳에서
 꾸물꾸물 기어 나오는 벙어리 노숙 미친 여자가 있었다

 그는 누구와도 눈을 마주치지 않는 수줍은 사람이라
는 평판

 그가 죽자 꽃병이 제일 먼저 한 일은 밤중에 머리를 감
은 일
 그가 죽자 꽃병이 두번째 한 일은 거울을 오래 들여다
본 일

 그가 죽자 꽃병이 아침마다 한 일은 얼굴이 송곳에 찔
린 사람처럼 소리를 지른 일

새벽이면 지붕에 올라가서 봉화를 올리듯 세숫대야를
두드린 일

소음 신고를 받은 경찰관이 와 물었다
여기 몇 년째 살고 계십니까?
여기 안 살아요
그냥 집을 봐주고 있는 거예요
꽃병 물 갈아주고
우편물 받아주고
그림자 닦아주고
아기도 낳아주고
꽃병이 처음으로 말했다

# 올빼미

보이니? 올빼미가 솟아오르는 것. 앉은 채 콩알 같은
똥을 싸는 것. 눈 한번 깜빡이지 않는 것. 너무 섬세해서
징그러운 깃털이 몸 전체로 올라오는 것. 눈앞이 캄캄한
밤에 빈사의 새가 번개처럼 질풍처럼 쇠파이프처럼 너의
망막을 후려치는 것.

나는 밤만 본다.

머리채를 잡던 차디찬 손가락. 따뜻한 젖가슴 깊이 들
어오던 야구 장갑 같던 손바닥. 내 노란 달을 터뜨리던
예리한 새끼손톱. 콧구멍을 후비고 담뱃갑을 뜯으려고
기르던 더러운 손톱. 네 눈알처럼 금 가던 내 손목시계의
유리. 침대 모서리에 떨어지던 내 몸 같지 않던 뒤통수.
내 몸속에서 몸 밖으로 펼쳐지던 거대한 강철 우산 한
개. 하나하나 느껴보던 힘센 우산살 8개. 밖에서 들려오
던 나 아닌 다른 사람을 싣고 가는 구급차 사이렌 소리.

나는 대낮에도 밤만 본다.

여자가 숲속을 헤매다가 수컷 올빼미를 만난다.

여자는 묻는다.

우리 엄마 어디 갔는지 아니?

수컷 올빼미는 대답한다.

내가 네 엄마를 어떻게 아니? 여자들은 왜 항상 숲에서 길을 잃니? 여자들은 왜 짐승이 다 말을 할 수 있다고 생각하니?

수컷 올빼미는 여자의 얼굴 가죽을 뜯어내고 눈알을 뽑아 먹는다.

눈이 없는 여자는 올빼미가 된다.

암컷 나무 위에 올라앉은 암컷 올빼미가 된다.


멍이 솟아오르고, 멍 위에 혹이 솟아오르고, 혹 위에 엄지손톱만 한 털 달린 블랙 파라솔 백 개가 차례대로 솟아오른다. 햇빛 방울방울이 블랙 파라솔을 타고 떨어진다. 올빼미는 해가 나도 해에 젖지 않는 동물. 빛이 있어도 앞 못 보는 동물. 새. 온몸에 돋아난 파라솔들이 빛을 미끄러뜨린다.

옷장 문을 열자 큰 연못, 연못 속에는 나무 그림자, 그 그림자 위에는 따뜻한 럭비공. 흰자위 없는 까만 눈동자. 그 눈동자 1센티 앞에 눈을 갖다 대도 꿈쩍하지 않고 저만 들여다보는 중.

# 원피스 자랑

아침에 일어나면 원피스부터 찾는다
원피스가 옷걸이에 꼿꼿이 서 있는 걸 보면 안심이 된다

원피스가 생각이 없다는 건 다 거짓말이다
원피스가 세 번 울면 나라가 망한다는 말도 다 거짓말
이다

나는 원피스가 있어서 외롭지 않기 때문에
다시 외롭게 되면 어떡하지 두렵다

하지만 원피스는 새장 같았다고 말해도 될까
바람이 불면 좀더 풍성한 새장을 걸친 것 같았다고

바람을 걸치면 새장은 나부꼈다
왼손 오른손 각각 손가락이 백 개인 피아니스트가
공중으로 나를 살짝 들어 올린 기분

허리께에서부터 날개가 돋아나서
끝이 보이지 않게 펼쳐지면

나는 세상에서 제일 가벼운 것과 애무하는 기분
높이 떠올라 왠지 슬퍼지는 기분

나는 초원의 마부처럼 시력이 좋아지고
이럇! 원피스를 타고 멀리 날아갈 수 있었다

내 뼈는 피리처럼 가운데가 텅 비어
모조리 노래하고 휘파람 불 수 있었다

원피스가 유방을 감싸 안고 흐느끼는 밤
원피스가 야했기 때문이야(내 탓이었을까) 자책하는 밤
원피스로 무릎을 감싸 안고 얼굴을 무릎에 대는 밤

원피스를 사흘에 한 번씩 때려야 한다는 말은 거짓말
이다

원피스가 셋이 모이면 접시가 깨진다는 말은 거짓말
이다

그렇지만 내 원피스가 없다면 나는 아무것도 아니기 때문에
원피스로 다시 태어나지 않으면 어떡하지 걱정한다

내가 어둠을 걸친 밤에는 내가 제일 좋아하는 블랙 원피스가 펼쳐진다
내 목에 묶인 검은 리본이 길게 풀어지다가
하나둘 원피스에 불이 켜져서 서울의 야경처럼 반짝이는 이 기분
마치 발광 가오리 한 마리가 심해를 유영하듯이
끝이 없는 날개가 서서히 이륙하는 이 기분
그다음 청천 하늘에 거대한 반짝이 원피스가 고요히 떠가는 이 기분

나는 죽어서 이 원피스를 남기겠다

수레의 컴컴한 덮개 아래
흑단으로 만든 화려한 관들이
검푸른 털로 빛나는 장대한 암말들에게
바삐 끌려가고 있다*


우는 엄마 다섯이 담긴 통이 굴러간다


눈물은 차갑고 땡볕은 뜨겁고


하늘은 눈부시고 공기는 아늑하고 오늘의 시신은 서
둘러 불 속으로 들어가고 어느새 우는 엄마 넷이 담긴 통
이 굴러간다


우는 엄마 하나가 어디 갔나 둘러볼 새도 없이 우는 엄
마 넷이 담긴 통이 굴러간다


높이 쌓아놓은 유리컵이 일시에 무너져 내리듯 울음
이 굴리는 바퀴가 쿵쾅쿵쾅 굴러간다


긴 머리칼들은 통에 달라붙어 젖은 뱀처럼 구불거리
다 알까지 낳는데

울음을 그칠 줄 모르는 우는 엄마 셋이 담긴 통이 굴러
간다

멀리서 보면 연이어 매트리스를 깔아놓은 것 같은 푸
근한 길인데 가까이 다가서면 자갈투성이 말줄임표투성
이 울퉁불퉁 길 위를 우는 엄마 둘이 담긴 통이 굴러간다

검푸른 털로 빛나는 장대한 암말이 어느 날 갑자기 유
명해진 소설을 눈먼 사람이 점자를 건너뛰며 읽어 나가
듯 겅중겅중, 우는 엄마 둘이 담긴 통이 굴러간다

높은 발코니 위에서 유리 찬장을 밀어버린 것처럼 우
는 엄마 하나 담긴 통이 굴러간다

암말이 땀이 떨어지는 길 위를 간다

땡볕에 울음 통이 하나 굴러간다

엄마가 다 떠나가고도 아이들은 여전히 실종 중이고

　머리칼처럼 작은 금을 가득 품은 낡은 피아노 같은 빈
통이 하나 굴러간다


　\* 랭보, 「바퀴 자국」, 『일뤼미나시옹』.

# 자폐, 1

눈이 없는 반려 아귀를 내놓고 자두밭에서 놀고 있었
는데 망태를 든 아저씨가 나타나 아귀를 때렸어요. 그러
자 내 정수리에 혹이 나고 이마에서 피가 흘렀어요. 아귀
때문에 그랬어요, 내가 말하자 아귀는 심해에 살지 하면
서 담임은 상담을 받아야 한다고 하고, 주임은 입원해야
한다고 하고, 체육은 머리채를 잡았어요. 담임이 커튼 봉
으로 아귀를 쑤시자 내 입에서 피가 흘렀어요.

아귀는 발치에
까마귀는 어깨 위에
내 아기는 나팔관에

엄마는 아귀를 찾는다고 소방대원에 소독원에 흥신소
까지 불러서 집을 샅샅이 뒤져댔지만, 마지막엔 내 뺨을
때렸어요. 김 선생님 눈에는 아귀가 보이신다고 하니 제
가 말씀드리는 거지만 엄마가 날 속이는 거예요. 소방대
원도 소독원도 다 나를 속이는 거예요. 상담은 아귀를 만
져보고 꼬집어보라고 했어요. 아귀는 밤중에는 냉장고에
살아요. 아귀가 먹으면 왜 내가 거식증인지, 부엌이 토사

물로 미끄덩거리는지. 엄마가 자다가 일어나 아귀를 내리치면 내가 울어요. 변기의 물이 넘치면 아귀가 넘치고 그러면 내 머리가 젖거든요. 엄마는 집을 나가라고 했어요, 제발 나가 죽으라고 했어요.

불쌍한 아귀.

커다란 입속으로 제 몸을 밀어 넣고 제 손으로 머리 뚜껑을 덮는 걸 좋아하는 아귀.

앞 못 보는 아귀를 내놓고 자두 밭에 있었는데 덜 익은 자두는 시고 푸르고, 까마귀는 깜 깜 깜 하고, 자두 밭엔 왜 갔냐고 왜 자꾸 침을 흘리냐고. 자두라는 말만 들어도 아이 시어 아이 시어 침을 흘리고 망태를 든 아저씨가 아귀를 망태에 던졌어요. 아저씨가 아귀를 집으로 데려가서 방문을 잠갔어요.

침대가 더러워서 잠이 안 와요.

# 자폐, 1000

나는 노을을 입술처럼 그리는 사람
노을의 중심에 이빨을 매다는 사람
노을을 아름다운 쇠고기처럼 쓰다듬는 사람
노을을 구강 질환처럼 그리는 사람

이 사람은 피 흘리는 속치마를 입은
그 위에 겉옷을 걸친 여자입니다

우리가 치유해주겠도다
우리가 위로해주겠도다
그러니 고백하라
그러니 고백하라

사방에서 들려오는 더러운 말씀

나는 교황*의 얼굴에
심해 아귀의 이빨을 그려 넣는 사람
하루에 세 번 이상
한 번에 30회 이상

교황님의 손이 식탁에서 위로 올라가

저 거룩한 얼굴 하단부에 달린 저 구멍으로

바다 깊은 곳에서 건져 올린 것이며 하늘을 날던 것이며 초원을 뛰어놀던 것이며

트럭이며 수레며 기선이며

저 구강 기관의 거룩한 의식이여


흰옷 입은 교황의 자제분들이 나를 둘러싸고 소리친다


시 쓰는 여자 한 명에 천 명의 의사가 필요해

내 상처의 위아래에 매달린 이빨들이 붉게 물드네


말하라

말하라


일천 명의 인부가 포클레인으로 내 입속의 혀를 파헤치지만

내 입속에서 끝없이 입을 벌린 아기가 출토되지만

하지만 나는 절대 고백 따위 하지 않아

내가 낳은 고백을 네가 찌르면 내 허벅지에 피가 나니까

나의 잇몸들이 일제히 속치마를 벗고 침을 흘리면
일천 마리의 심해 아귀들이 일제히 지퍼를 내리고 침
을 흘린다

나는 치마 밑으로 이빨 달린 노을을 줄줄 싸는 여자
다 싸고 나면 두 다리 사이에
보름달을 끼우고 어르고 달래는 여자

* 벨라스케스의 「교황 인노첸시오 10세」에서 베이컨의 「디에고 벨라
  스케스의 인노첸시오 10세에서 시작한 습작」이 탄생하고, 베이컨의
  「디에고 벨라스케스의 인노첸시오 10세에서 시작한 습작」에서 나
  의 교황 '순수'가 탄생한다.

# 구속복

초등학교 입학식 날 담임의 숨에서 나던 냄새
결혼식 날 주례의 숨에서 나던 냄새
여자를 모욕하려고 쓴 글에서 나던 냄새

이 옷과 같은 냄새

내가 기록한 것은 내가 언제나 출발했음을
그러나 붙잡혀 돌아온 곳은 언제나 이 옷 속이었음을

토네이도를 묶어두는 것은 범죄야
끓는점에 도달한 액체를 가둬놓는 것은 재해야

나에게 우파에 좌파에 모더니스트에 친일파에 온갖
병을 뒤집어씌워도
나는 울지 않아 대신 내 콧물 가래나 받아

물고기에게 그물을 옷이라고 하다니
물고기에게 튀김옷을 외투라고 하다니

이 옷을 입으면 라디오 안에 들어간 것 같아
전 국민이 내 말에 귀를 기울이는 것 같아

사과할게요 전 국민이 사과를 바란다니
평생 사과할게요 앞으로 내 입에서 나오는 말은
모두 새빨간 사과예요

왜 사과(내)가 사과(너)한테 사과를 해야 하니?
사과(너)랑 사과(나)랑 무슨 사과(상관이)니?

두 손을 묶고 소매를 묶은 옷

단 한 벌

　저절로 기도하는 자세가 된 내 두 손으로 찌른 내 심장
에서 나는 냄새
　빙 둘러앉아 갓 잡은 돼지를 나누던 소수민족 아낙의
손에서 나던 냄새

조명이 도수 높은 렌즈로 세례를 베푸는 방
그러나 아무도 옷을 입고 이 방에 들어올 순 없어

새들도 깃털을 벗고
물고기도 비늘을 벗어야 해
나무도 물론
내 방에선 무조건 누드야

오래 긴 가죽 장갑이 나에게 뻗어 올 때
훅 끼치던 화장실 냄새
땀으로 부글부글 끓는 옷냄새

때려봐
때려봐
새는 이미 날았어

네가 친 것은 그저
옷 입은 허공이야

옷 속이 훤하잖아

# 낙랑의 공주

번개가 뇌리를 친다. 턱까지 친다. 다음엔 왼쪽 발까지 친다. 잠시 쉬었다가 또 친다. 모멸감과 함께 놀라움, 공포. 조금 있다가 또 친다. 계단을 올라가자 오줌 냄새. 이제 끝이다. 여길 나가면 죽자. 여자는 웃옷을 벗고 눕는다. 간호사가 불붙은 쌍안경 같은 대나무 통을 들고 온다. 그것을 배 위에 검은 띠로 묶는다. 그다음 천장에 매달린 양철통을 끌어내린다. 뚱뚱한 양철 아나콘다가 거대한 입술을 배 위에 벌린다. 나는 옷걸이쯤에서 여자를 내려다본다. 여자는 통째로 구워지는 벌거벗은 고기다.

더러운 개가 쇠창살 우리에 갇혀 자전거에 실려 가는 것을 본다. 자주 본다.

정신 나간 번개다. 여자가 여자에게 가하는 심한 모욕이다. 이번엔 세다. 잠시 머리가 조용해지면 불안에 떤다. 다시 모욕당한다. 눈물이 핑 돈다. 한의사가 여자의 고개를 젖힌 다음 콧속에 바늘을 꽂는다. 그다음 고개를 숙이고 피를 받으라 한다. 양철 도시락에 피가 흥건하다. 왼쪽 눈가에 약침을 퍽 꽂는다. 그쪽이 아니라고 말하기

도 전에 다시 침을 퍽 꽂는다. 침을 뽑아 드는 순간 여자
가 그쪽이 아니고 이쪽! 하자 아. 이쪽! 하면서 다시 침을
오른쪽 눈가에 꽂는다. 머리에 꽂는다. 여자는 이제 눈
주위로 빙 둘러 침을 꽂은, 마치 침으로 만든 안경을 쓰
고, 침으로 만든 모자를 쓴 다음 눈물 핏물을 질질 흘리
며 복부에서 연기를 피워 올리는 고슴도치 바비큐가 되
었다. 고문 경관의 손길 아래 놓인 한 마리 암컷 짐승이
되었다. 매일 이곳에 와서 좁은 불판 위에 눕는다.

어린 시절부터 애완했던 개들이 온다. 번갈아 온다.

몸 안에 소나기 온다. 머릿속 종유석 동굴에 물 떨어진
다. 눈먼 번개 온다. 필시 길 잃은 번개다. 자살하는 번개
다. 벼락과 형제다. 고통의 졸개다. 제우스의 친척이다,
이놈의 번개. 방사능 번갠가. 번개가 칠 때마다 나는 기
형이다. 손이 세 개였다가 머리가 두 개로 쪼개진다. 발
이 백 개인 내가 냅다 달려간다. 몸은 달리지 않는데 나
는 전속력으로 달려간다. 몸속의 그들은 가만히 있는데
나는 달려간다. 나는 그들이지만 그들은 내가 아니다. 그

들이 나에게서 창문을 닫는다. 그다음 내가 창문 안에서 지독히 맞는다. 불판 위의 고기를 향해 내려오는 젓가락들이 고깃덩이 위에 꽂힌다.

난쟁이의 장난감 상자에 개가 웅크린다. 짖는다.

내가 교실에 줄 맞춰 앉아 있다
슬픔을 받기 위해 깨끗이 씻은 얼굴
불안을 받기 위해 부푼 심장
공포를 받기 위해 부지런히 오그라든 팔다리
절망을 받기 위해 잘 빗질된 머리

유기견 보호소에서 목욕 봉사를 받은 개들이 줄 맞춰 앉아 있다

메르스 바이러스가 창궐한 적막한 병원 대합실에 한 여자가 들어선다. 오늘 오후 현재 예약을 이행하러 온 환자는 여자 혼자다. 우리나라 사람 그 어느 누구도 이 병원을 믿지 않는다는데 여자는 믿기로 했다. 나는 여자를

멈출 수 없다. 대신. 만약 여자가 여기서 전염병이 옮는
다면 우리나라는 망한 나라라고 생각하기로 한다. 마스
크를 쓴 검사실 직원 전부가 여자를 위해 근무한다. 여자
는 깨끗하게 소독된 침대를 옮겨가며 눕는다. 친절하다.
전기 감응 장치들이 머리 주변에 연결된다. 커다란 검사
실에는 여자와 검사원들뿐. 그들은 마스크를 썼고 여자
는 벗었다. 검사원은 다리미판 같은 것으로 얼굴에 전기
충격을 가한다. 여자의 고통이 빛 속에 철컥철컥 나타난
다. 여기서도 오늘 환자는 여자 혼자다. 여자는 그들의
친절에 감읍한다. 나의 렌즈 속에서 여자는 오늘 공주다.
공주는 흰옷 입은 시종들에게 에워싸여 복도를 걸어 다
닌다. 넓고 청결한 세면실에서 공주 혼자 그 많은 수건과
비누와 청결제를 상대한다. 공주는 이 병원 2층을 세내
었다. 4개의 수납대도 공주만을 위해 존재한다. 마스크를
쓴 그들이 공주만을 위해 계산하고 다음 예약 일자를 알
려준다. 아주 평화롭다. 감염된 응급실은 폐쇄되었지만
그 위층에서 공주 혼자 방을 옮겨 다닌다. 공주가 얼굴에
전기 바늘을 꽂고 누워 있다. 공주가 내 손을 괜찮아 괜
찮아 어루만진다. 전염병 바이러스들이 떠다니는 청결한

골목들이 공주를 위해 텅 비었다. 내가 떠나자 병원 전체
가 폐쇄되었다. 공주가 갇혔다.

냄새나는 개가 짖는다.
메아리가 서울의 북산의 뺨을 치고 다시 돌아온다.
돌아올 때마다 다른 개가 온다.
점점 더러워지고 살이 쪄서 부끄러운 개가 온다.
돌아올 때마다 더 큰 소리가 온다.
번개처럼 들개처럼 개 같은 개.
물고 늘어지는 개.
먹지도 자지도 않고 점점 꼬질꼬질 개.
너무너무 커져서 북산만 해진 개.
북산에 똥개가 똥 싸고 가는 개.

공주여 가죽을 찢으라.
북을 찢으라.
외치는 개.

## 여자의 여자

엄마, 여긴 깜빡이는 눈꺼풀들이 자욱한 숲이야

새에게도 나무에게도 성별이 있다는데
이 숲의 나무는 전부 암컷이라고 했어

엄마, 나는 여기 왜 왔을까
한참 걷다 보면 한 번 더 생각해보라고 팻말이 서 있고
또 집에 계시는 엄마를 생각해보라고도 써 있어

오래전 엄마가 나를 낳아 처음 안았을 때
그림자 하나도 처음 태어나 그 광경을 지켜보고 있었어

엄마, 생명은 하나라고 여기저기 붙어 있고
더 들어가면 안 된다고 길을 막아놓기도 했어

엄마, 나는 여기 왜 왔을까
내 안에서 울며 떠난 여자들이 모여드는 이 숲에
우중충한 검은 나무들이 발목을 눕힌 채
힘없이 젖은 땅을 헤매고

새의 발목들이 후드득후드득 떨어지는 이 숲에

엄마, 여긴 내가 버린 여자들이
암컷가족이 되고 암컷민족이 되어
기다렸어 기다렸어 기다렸어
그렇게 헐떡거리는 숲이야

엄마, 내가 전에 말했었잖아
리마에 가서
내가 팔아버린 자동차를 만난 적이 있다고
똑같은 차종 똑같은 색깔 양보라고 씌어진 모국어 스티커
엄마가 말했잖아 같은 자동차가 얼마나 많은데 그러니?
엄마, 내 자동차가 택시가 되어 있었는데
더 늙수그레해진 내 자동차가 오래 나를 기다렸다는 듯
우울한 미소를 앞세우고 있었는데
이제야 다시 만났다고 그래서 좋다고
부르릉거리며 깜빡이고 있었는데
나는 마냥 반갑지는 않았었는데

추모하러 와서 사진을 내동댕이친 저 여자
신발을 벗어놓고 나무마다 눈썹을 내리깐 저 여자
허벅지에는 잊지 않겠다!라는 문신 세 개

내가 버린 자동차처럼 이 숲은 나를 기다린 걸까?

엄마, 사실 매일 목젖처럼 헐떡거리며
나를 쫓아오는 것이 있었는데

왜 이제야 왔느냐고 검은 나무들이
힘없이 팔다리를 휘저으며 땅을 짚고 헤매고

엄마, 나는 눈도 못 감은 채
그 누굴 대면하러 여기 왔을까?

# 최면의 여자

기분이 어떤가요? 외로워요. 미지근한 물속에 떠다니고 있는 것 같은 기분이에요. 부피가 없는 사람이 된 것 같아요. 무게도 없어요. 좋아요. 그전으로 가보세요. 뭐가 보여요? 빛이요. 얼마든지 갈 수 있어요. 빛이 나를 둘러싸고 있어요. 나는 눈부셔 더 이상 마주할 수 없어요. 채워주세요, 눈에는 안대를, 아래엔 생리대를.

당신은 보기는 하지만 말할 수 없습니다. 나는 질문하고 당신은 대답합니다. 당신은 답변의 세계에서만 살아갈 수 있습니다. 당신은 먹지만 내가 맛을 알려줍니다. 이 구두는 참 맛이 있군요. 이 구두를 먹으면 당신은 활달해집니다. 당신은 매 순간 먹고 싶습니다, 내 구두를. 그 속의 발가락을.

침을 뱉어요. 꼭 잡아요. 복도를 빨리 걸어가요. 당신은 내가 다가가면 심장이 뛰어요. 내가 멀어지면 심장이 아파요. 나를 보면 웃어요. 아무나 보고 웃지 않아요.

오늘부터 왼쪽으로 기울어집니다. 다시는 당신의 몸을

오른쪽으로 펼 수 없습니다. 가방이 왼쪽 땅에 질질 끌립니다. 식판의 밥이 왼쪽으로 쏟아집니다. 왼쪽 귀가 멍멍합니다. 당신의 아름다운 오른쪽은 나의 것입니다.

내가 텔레비전 하면 텔레비전이 최면을 겁니다. 내가 재봉틀 하면 재봉틀이 최면을 겁니다. 내가 달력 하면 달력의 1일에서 31일까지가 최면을 겁니다. 1 하면 두 손을 드는 겁니다. 5 하면 웃옷을 벗는 겁니다. 6 하면 가랑이를 벌리는 겁니다. 이제 숫자는 명령입니다. 가방을 열면 안 됩니다. 당신 가방 속에 내 목소리가 있습니다. 눈물을 손등으로 닦으세요. 당신은 나를 대신하는 것들로 둘러싸여 있습니다.

당신은 내 말을 중간에 끊을 수가 없습니다. 당신은 무한궤도 위에 홀로 돌고 있는 1인 우주선입니다. 당신은 오직 나, 휴스턴에게만 반응합니다. 당신은 이제 나 없이는 귀환할 수가 없습니다. 드디어 당신의 심장이 당신에게 최면을 걸지 않습니까? 당신의 심장이 당신 의지와는 상관없이 나에게 반응하는 것입니다. 한번 외쳐보세요.

내 심장은 당신의 것. *내 심장은 당신의 것.*

반복하라!
*나는 당신의 소름!*
*당신의 오르가슴!*
*당신의 호주머니!*

당신은 지금 피곤합니다. 다리에 힘이 풀립니다. 눈을 뜨고 있기가 힘듭니다. 달빛이 당신을 재웁니다. 잠에 들었습니까? 좋습니다. 당신은 오늘 일은 잊습니다. 당신은 세 번 두드리는 소리에 깨어날 겁니다. 깨어나면 나를 기억하지 못할 겁니다. 안대를 벗을 때 무언가 흘깃 떠오를지도 모릅니다만.

―*저녁 바람이 고요하다. 명령을 싣지 않는 바람은 바람이 아니다. 이 물맛 진짜 좋은데 말해주던 사람 어디 갔나, 명령을 받지 못한 나는 내가 아니다. 물맛이 물맛이다. 당신은 이제 발을 한 발짝 떼고 걸어 나갈 수 있습니다, 말해주지 않으니, 나는 내가 아니다. 벽에 붙은 거*

울처럼 아무도 아니다. 이 최면을 거슬러, 거슬러 올라가라 하던 목소리, 나를 살다 사라진 목소리. 단숨에 나를 그곳으로 데리고 가던 목소리 없는 나는 진짜 아니다. 아니라는 명령이 없으니 나는 아니조차 아니다.

5부
리듬의 얼굴

# 리듬의 얼굴

죽는 게 낫지 싶다가도
갑자기 고통이 멈추면 적막해요
죽는 게 낫지 싶다가도
갑자기 고통이 멈추면 고통이 생각나지 않아요
죽는 게 낫지 싶다가도
갑자기 고통이 멈추면 죽고 싶어요

죽음도 이보다 깊이 내게 들어올 순 없으니까요

*

차례차례 닫히는 눈꺼풀들이 사는 진흙탕이 있었는데
눈꺼풀들이 진흙에 달라붙어 푸들거리고 있었는데
접힌 날개를 펴려는 나방들처럼 푸들거리고 있었는데
눈꺼풀 아래 여러 몸이 헐떡거리고 있었는데
멀리서 소나기구름이 다가오고 있었는데
진흙 속에서 혀짤배기소리들이 들려오고 있었는데

*

애야, 흰 별들이 쏟아지는 대낮의 하늘을 쳐다보아라
별마다 긴급한 조난신호 들어보아라
가까이 다가오면 거대한 돌덩어리인 것들이
너무 커서 내 귀가 머는 비명을 지르며
나에게로 나에게로 떨어져 오는구나
애야, 햇살은 천 갈래 만 갈래 아리고
숨어서 깜박이는 흰 별들의 세계
애야, 들리지 않니? 내 고통의 조난신호

*

나는 둘로 쪼개지고도 살아 있다
나는 다섯이 되고도 살아 있다
나는 가루가 되고도 살아 있다

리듬에 맞춰 나이다가 아니다가

한 무더기 가루가 풀썩풀썩 숨을 쉰다
입가가 터져 허연 가루가 번진다

이제 고통의 어머니가 나를 반죽할 시간이 다가온다

                              *

리듬에 몸이 묶여 가는 여자가
컹컹 짖는 그림자를 끌고 가는 여자가

죽음이 날마다 외국에서 청혼하러 온 왕자들처럼
다른 나라 말로 얘기한다는 여자가

왕자들과는 사랑한다는 말도 통역이 필요하냐고
피식 웃는 여자가

                              *

공주의 머릿속에서 국민들이 웃었다

웃는 사람을 잡아들이라는 명령을 내려봤자 소용이
없었다
그 웃음소리는 이미 죽은 사람들의 것이었다
방청객의 웃음소리처럼
오래전에 녹음해둔 것이었다

공주를 웃게 하라는 명령이 내려졌지만
찾아오는 이 없었다

                              *

복숭아세숫대야
복숭아슬리퍼
사춘기소녀처럼솜털이자라는세면대
복숭아비누
복숭아치약

옆에서 앓는 사람의 숨냄새
복숭아냄새

구부린무릎냄새
마취에 떨어지기 전 에덴의복숭아과수원에서
복숭아주사기


-1 -2 -3 -4 지하로 내려갈수록 싸구려 복숭아냄새


어린 간호보조원이 복숭아의 털을 깎으러 면도칼을
들고 온다


*


왕자는 고뇌하고 공주는 고통한다
왕자는 애도하고 공주는 고통한다
왕자는 정신하고 공주는 신경한다
왕자는 연설하고 공주는 비명한다
왕자의 고뇌는 공주, 공주의 고통은 이름이 없다
왕자는 멜로디하고, 공주는 리듬한다
왕자는 내용하고, 공주는 박자한다

아버지! 내가 안 그랬어요 그가 나를 택했어요
아버지! 내가 먹으면 고통도 먹어요

낙랑의 공주가 주머니 속 제 얼굴을 꽉 움켜쥔다

*

때리는 쪽은 침묵 스크럼
맞는 쪽은 외침 스크럼
때리는 쪽은 물대포 곤봉 방패
맞는 쪽은 오직 외침
때리는 쪽은 함무라비적 정의
움직이면 무조건 타격하라
물론 움직이지 않아도 타격하라

이들이 왜 하필이면 내 안에서 붙을까?

하늘이 벌벌 떨고
가로수들이 아파 아파 하는데

깃발이 내 얼굴에서 치미네

누가 제일 아플까?

광장이 매 맞고 푸르르푸르르 떠네

*

엄마가 아프면 내 어린 시절이 다 아프다

내가 아프면 한 번도 가본 적 없는 날들이 다 아프다

나는 고통의 행성의 언어를 배운 적 없는데
그 행성의 나뭇잎들이 자꾸만 말을 걸어온다
그 행성의 신생아들이 자꾸만 말을 걸어온다

고통의 성모여! 악착같은 성모여! 성모님의 이빨이여!

*

밤바다에 고래 한 마리 떠돈다
혼자 울고 혼자 웃으며 멀리 간다
더 어두운 속으로 간다

내 검은 눈동자에 고래 한 마리 떠돈다
그 고래가 나를 끌고 간다
나한테서 더 먼 속으로 간다

*

이 약 저 약 처방받아요
이 약이 들으면 이 병이고 저 약이 들으면 저 병이에요
병의 이름을 지을 땐 의사 이름을 붙인대요
환자 이름을 붙인 적은 한 번도 없대요
한번 태어나 환자와 함께 죽어간 병은 이름이 없어요

경락은 말했어요 이건 병이 아니라 엉킨 줄이라고 줄

을 펴야 한다고

　엄마는 말했어요 이건 병이 아니고 이모라고 근데 엄
마는 외동딸인데요?

*

　엄마, 링거에서 물방울이 떨어져
　물방울 한 개에는 수억의 얼굴이 우글우글 들어 있어
　그 얼굴들이 내 얼굴 속으로 들어와
　다 소리 내어 울어
　똥 싼 기저귀를 차고 엄마엄마 울어
　다 태어나고 싶다고
　이름도 없으면서 다 얼굴이 아프다고

*

　자갈이 깔린 보도다
　나는 운전을 하고 있다
　자동차 들어오지 마세요 팻말을 보면서도 비틀비틀

지난다

　돌아가신 시인을 본다

　시인을 만나자 거기가 외국이라는 것을 안다


　매끄러운 고속도로다

　나는 운전을 하고 있다

　막다른 길입니다 팻말을 보면서도 신나게 달린다

　돌아가신 시인을 본다

　시인을 보자마자 나는 거기가 시인의 속이라는 것을

안다


*


　줄넘기 줄이 땅에 닿을 때 타! 소리가 난다. 줄이 아프
다. 아픔이 만개한다. 곧 줄이 공중으로 떠난다. 바로 지
금이다, 살아나가자. 그러나 또 타! 줄이 땅을 치고 아픔
은 치솟는다. 다시 고통이다. 죽음보다 더하다. 없음보다
더하다. 그러나 줄은 다시 올라간다. 그 순간 하늘이 커
지고 적멸보궁이 솟아오른다. 그러나 다시 타! 매 맞는

다. 내 두 손에 줄이 묶여 있는 줄도 모르고, 그 손을 봐!
내가 소리친다. 그러나 나는 다시 타! 고통이 밀려온다.
서커스단의 난쟁이가 채찍을 갖고 논다.

*

아픈 인형을 들어서 노을 앞에 세워두었어
꺼내줄게 꺼내줄게
몸의 병이 죽으면
인형도 죽어
태양이 울면서 넘어갔어

아픈 인형을 들어 물 위에 세워두었어
재워다오 재워다오
하루 한 번 네 얼굴을 볼 수 있다면
그걸로 살 수 있어
그렇지만 지금은
재워다오 재워다오
저 호수에 비친

깊은 산속 절간의 등불보다 깊이 재워다오
아픔이 깨지 않게 깊이 재워다오


어쩌다 몸속에 들어와 나갈 곳을 찾지 못한 까마귀가
뛰어오른다 뛰어오른다 뛰어오른다
아래턱과 위턱이 닫혔다 열릴 때마다 매 맞는 소리가
난다
벌건 호수가 입술을 삐죽삐죽
시작한다 시작한다 울기 시작한다


만약 인형이 죽는다면 하얀 천을 덮어줄게
인형이 전기 충격기에 맞은 듯 울기 시작한다


*


　개인 줄 모르는 개가 머리에 집을 지었다. 개가 짖으
면 나는 아프고, 아프면 부끄럽다. 나는 숟가락에게 거짓
말, 밥그릇에게 거짓말, 머리카락에게 거짓말한다. 개가
잔다고. 아가야 자장자장 울면서 달랜다. 엎드려서 빈다.

누워서 화낸다. 개야 아프구나, 아부한다. 마취 주사를 맞으면 개는 잔다. 그러다 슬며시 깨어난다. 깨어나는 이유는 다양하다, 바람이 분다, 고개를 갸웃한다, 나쁜 문장에 신경을 쓴다, 눈치를 본다. 나는 이제 개 한 마리 눈치만 본다. 자면서도 개를 깨울까 고개를 돌리지 못한다. 개는 습관적으로 때리는 남자다. 이유가 없다. 이유가 있다면 다 거짓말이다. 개를 오른쪽 머리에 품고 병원에 간다. 머리에 개가 짖어요. 병원 순례를 떠난다. 난쟁이의 집에 개 한 마리 들어오자 집이 가득 찬다.

*

머리는 하나인데 몸이 둘인 사람이 찾아왔다

하룻밤 묵어갈 수 있을까요?

꽃은 하나인데 줄기는 둘인 꽃나무가 찾아왔다

하룻밤 피었다 떠날 수 있을까요?

둘이 양방향에서 잡아당기자 내가 소리를 지른다

공중에 솟은 내 알뿌리가 쪼개지고 있다

*

알이 깨질 때마다 기형 까마귀가 나온다
차마 비참해서 그 형상을 말로 못 하겠다
부리가 항문에 붙은 놈까지 있다

토끼가 새끼들을 데리고 먹을 걸 찾으러 온다
어떤 것은 물어오고 어떤 것은 질질 끌고 온다
차마 비참해서 그 형상은 말로 못 하겠다
귀가 세 개인 놈까지 있다

창문에는 머리가 없는 여자 여섯이 매달려 있고
내가 내 몸을 벗으려 하고 있다

*

그 하루가 오면
담낭과 비장, 심장과 위장이 다시 한번 화해진다
육체 농장의 어두운 나무에 매달린 섬세한 비밀들이
박하 냄새 한번 요란하게 풍긴다

그 하루가 오면
담낭과 비장, 심장과 위장이 청동 동상 속에서 한 천
년 잠들었다가
느닷없이 햇살 가득 머금은 녹차밭에 던져져
초록색 현기증에 휘둘리는 듯
핑그르르 돈다

비행기를 타고 먼 곳으로 가서 종일 헤매다 다음 날 새
벽 비행기를 타고 돌아와 보물처럼 품은 그 하루가

담배 한 갑을 사고 술 한 병을 색에 넣고 아침이 오도
록 먼 골목을 헤맨 다음 다시 비행기를 타러 가면서 꽁꽁

싸놓은 그 하루가

　비행기처럼 진동하는 보자기로 싸놓은
　그 하루가

　그렇게 그 하루가 2인실로 들어오면
　그 하루가 환해지면
　담낭과 비장, 심장과 위장이 다시 한번 외국 어딘가 골
목길 정육점에 내걸린 듯

　비행기 정면에 피어오르는 아지랑이에 싸매여
　깨끗한 병상 두 개가 이륙하는 듯

　그 하루가 오면
　고통의 우리 밖으로 이륙했던 그 하루가 오면

　당신의 먼 데와 나의 먼 데를 묶어놓은 그 하루가 오면

*

소리로 뭉쳐 만든 공이
이 벽에 부딪히고 저 벽에 부딪힌다
공이 깔깔거린다 비틀거린다 폴짝거린다
공을 검은 쥐가 그림자처럼 쫓고 있지만
운동장은 고요하다
신작로가 가던 길 멈추고
운동장을 들여다본다

내가 지금 벽이라고 말했던가
벽이 웅 웅 대답한다
온 세상에 벽이 붙어 있다

식당 뒤에 내놓은 쓰레기봉투 속에서 아직 숨이 붙은
것이 있다

*

이렇게 아픈데 곧 죽지는 않을 테니 걱정 말라고 한다

결과는 하나다
내가 고통을 죽일 수 없으니
내가 나를 죽여야 해

땅 위에 물속에 집을 지은 모든 생물이 죽고
내 머릿속에 사는 그것만 살아남았다는 소식이 온다
내 머릿속에 사는 그것이 보내온 소식이라 그런다

머리가 북처럼 울리자
머릿속에서 큰 개가 한 마리 별안간 눈을 번쩍 뜬다

*

검은 물속에서 수중 카메라가 터진다
그러나 카메라는 아무것도 찍지 못한다

플래시는 1센티도 못 나간다

엘리베이터가 끝없이 낙하한다
며칠째 낙하한다 몇 달째 낙하한다
북극을 지나 남극을 지나도록 낙하한다

아침이 거울 속에 갇혀 있다
나는 아직 한밤중에 갇혀 있다
종일토록 끈질긴 대치
천 년 전의 성읍에서 개가 짖고
번개가 친다

*

고해하는 방으로 들어갔다
신부님의 이름을 불러줘야 마지막 고해를 들어준다고
한다
이름이 생각나지 않는다
검은 신부님의 이름을 나는 모른다

베드로 안드레아 야고보 마태 도마 야고보 요한 필립
바돌로매오 다대오 시몬 가롯유다
  나는 열두 제자의 이름을 부른다
  그다음 교황님의 이름을 불러본다
  요한 바오로 프란치스코 1세여 2세여 3세여 4세여
  천세여 만세여 그러나 저 검은 신부의 이름이 아니다

  암흑 터널이다
  여자의 신화에서처럼 여자는 멀어져 간다
  우선 여자는 지옥부터 간다

  저 신부의 이름을 불러야 한다
  그래야 나는 고해할 수 있다
  내 죄를 찾을 수 있다.

*

  비명 비가 쏟아진다
  방이 세탁기처럼 돌아간다

어제로 갔다가 이 방으로 돌아오길 골백번 한다

귀에서 윙윙 소리가 난다 다시 감전이다

정신은 깨어 있는데 몸은 젖은 옷 같았어요

의사는 이런 표현을 제일 싫어한다 독자도 마찬가지

창문을 탁탁 치는 소리

벽에 꽂아둔 전등에서 진동이 몰려온다

나는 힐끔힐끔 돌아본다

누군가 내가 망하기를, 망해서 죽기를 기다린다

나는 그가 누군지 안다

내가 세탁기 속에서 여러 사람 목소리를 낸다

공중으로 떠오른 내 가슴과

몸부림치며 누워 있는 내 가슴 사이에

가느다란 은실이 끊어질 듯 끊어질 듯 펄럭인다


*


리듬이 공주를 공중에 태운 순간

멜로디가 죽는다

영원히 진행 중인 리듬 비트 벼락

번개가 번쩍번쩍 칠 때마다 대천사의 날개가 획획 현
현한다
원자력 발전소가 죽지 않는 한
공주의 두 발이 공중에서 떨어지지 않는다

*

영혼이 잡아당겨지는 느낌
아플 때 영혼은 어디 숨어 있을까
심장이 두들겨 맞는 느낌
쉬지 않는 바다가 한 움큼 뭉쳐져서 그럴까
이렇게 아픈데도 심장은 뛴다
붉은 거미처럼 붉은 실을 내뿜으며 뛴다
세숫대야 하나 가득 붉은 실이 물에 잠긴다
라면밖에 먹을 게 없었다는 소녀 마라토너처럼 뛴다

환자복을 입고 창턱에 매달린 대머리 소녀의 영혼이
만나러 온 걸까

꽃병의 장미가 내 눈동자에다 피를 흘리면
라디오에서 노래가 나와 내 눈을 붕대로 감아준다

이 세상 모든 사람의 영혼은 하나로 연결되어 있을까
잠시 생각해본다

*

그믐달이 뜨고 포클레인 한 대가 머릿속 광야에 들어
온다
나는 눈먼 포클레인 기사에게 비명을 한 숟가락씩 먹
여드린다

굴 껍데기 속에 웅크린 검은 나를 긁어내려고
숟가락이 혓바닥 밑을 헤집는다

내장이 뱀처럼 검은 목구멍으로 올라온다

*

고통으론 만들 수 없다
흩뿌려지는 저 꽃을

고통으론 날릴 수 없다
흩뿌려지는 저 새를

고통으론 만들 수 있다
흩뿌려지고 흩뿌려지는 저 모래들
모래 위의 모래 위의 모래들

*

내가 리듬에 기생하는 걸까
리듬이 나에게 기생하는 걸까
리듬은 존재의 방식이 아니라 결핍의 방식으로 간다

나는 내 정신을 발가벗기는 이 박자가 싫다

나는 내 영혼을 벗겨 가는 이 음악이 싫다


나는 거울로 만들어진 이 파도가 싫다
거울을 보면 개가 보일까 봐 나는 눈 감고 간다


*


달에 살던 개를 안아 들고 기차를 탄다
승객들이 마치 웹툰 속에 앉아 있는 듯 귀신같이 조용
하고
기차는 발사된 우주선처럼 너무 밝다
나는 개의 하얀 털을 쓰다듬는다
어떻게 달에서 떠나올 수 있었니
조금 있다 보니 내 몸의 털들이 꼿꼿이 서고
내가 네발로 서서 한 여자를 핥고 있다


*


숨 쉬는 북이네

북이 외투를 입고 떠네
북이 신발을 신고 떠네

— 가능한 한 빨리
— 극히 흥분한 듯이
— 저물어 쓰러지듯

심지어 1초에 한 번씩 하루가 마감되네

— 다시 빠르게
— 피아니시모 수비토
— 점점 숨이 가빠지는 가운데

누군가 나를 보면 사랑의 갈급에라도 빠진 줄 알겠네
　1초에 한 번씩 나를 실은 비행기가 당신을 향해 이륙
하는 듯

작은 고통에서 한 개의 호흡이 발아하고
파동이 생기고 집채만 한 호흡이 출렁거리고

전 세계가 두꺼운 외투를 입고 신발을 신고 떠네

아버지 이제 그만 나를 보내주세요


이 우주만큼 큰 영혼이 내 몸에서 떠나려 해요


*


시동을 걸고 이륙하면서 버려줘요

프로펠러가 하늘을 작게 다져낼 때 버려줘요

내 해골 깊은 곳까지 프로펠러의 손길이 들어가면 나를 버려줘요

악에 받친 강물이 입술에서 출렁거릴 때 버려줘요

눈꺼풀 밖으로 송곳니가 자라듯 산봉우리들이 솟아오르면 버려줘요


저 활주로 인근 겨울에도 살아 있는 저 더러운 풀의 고통이

저 독수리의 냄새나는 날개가 펴질 때마다 뼈가 하나씩 부러지는 고통이

어둠 속에서만 눈 떠지는 올-빼미의 고통이
에베레스트처럼 꼿꼿하고 치명적인 고통이
하루에 한 번 몸을 한 바퀴 돌려보는 지구의 고통이
조종석으로 몰려오거든 버려줘요
고통의 주머니들을 주렁주렁 매단 산맥들이
밤 비행기 아래 엎드려 있거든 버려줘요
먼 데에 먼 데에 나를 버려줘요

고통의 발치에서 난쟁이가 운다

결코 운다

# '새—하기'와 작별의 리듬

## 이광호
### (문학평론가)

　　김혜순이 문학 제도 안에서 시 쓰기를 시작한 1979년 이후 한국 문학은 여러 차례의 변이와 단절을 경험했다. 1980년대의 급진적인 도전들과 1990년대의 다른 감수성의 등장, 그리고 최근의 페미니즘의 요동치는 시간들에 이르기까지, 그 국면들을 뚫고 김혜순의 시는 돌파를 멈춘 적이 없다. 40여 년이라는 시간은 시적인 것이 아니었고 차라리 광폭한 것이었으나, 김혜순은 저 제도화된 역사들과 가장 먼저 '작별'하는 시적 신체의 최전선에 있었다. 김혜순의 시를 둘러싼 몰이해는 재생산되었지만, 그의 시는 '미시 파시즘'과 싸워야 할 이유가 선명해진 '촛불과 미투의 시대', 그 싸움의 근원적인 층위에 가장 먼저 도착해 있었다. 적어도 지난 40년 동안 문학 언어의 정치적 급진성에 있어 김혜순보다 뜨거운 언어를 찾기는 쉽지 않다.

이 시집은 '새하는' 시집이다. '새 - 하다'가 어떤 움직임을 말하는 것인지 먼저 살펴볼 필요가 있다. 새라고 하는 명사에 '하다'라는 행동이나 작용을 이루는 술어가 붙어 있는 것은 어색하다. 새가 주어가 되는 '새가 무엇을 하다'라는 문장이나, '새가 되다' 혹은 '새를 어떻게 하다'라는 문장이 더 자연스러울 것이다. '새하다'라는 구문에서 '새'가 주어인가 목적어인가도 분명하지 않다. '새'의 위치가 주어도 목적어도 될 수 없거나 혹은 둘 다 될 수 있는 이 모호함이 이 문장을 시적인 것으로 만든다. 이 문장은 주어와 목적어, 주체와 객체 사이의 저 완강한 문법적인 경계를 허물어버린다. 주체와 대상 혹은 인간과 동물의 위계를 지워버리는 이 강력하고 매혹적인 '수행문'이야말로 이 시집을 관통하는 동력 장치이다.

이 시집은 책은 아니지만
새하는 순서
그 순서의 기록

신발을 벗고 난간 위에 올라서서
눈을 감고 두 팔을 벌리면

소매 속에서 깃털이 삐져나오는

내게서 새가 우는 날의 기록

새의 뺨을 만지며

새하는 날의 기록


공기는 상처로 가득하고

나를 덮은 상처 속에서

광대뼈는 뾰족하지만

당신이 세게 잡으면 뼈가 똑 부러지는

그런 작은 새가 태어나는 순서


새하는 여자를 보고도

시가 모르는 척하는 순서

여자는 죽어가지만 새는 점점 크는 순서

죽을 만큼 아프다고 죽겠다고

두 손이 결박되고 치마가 날개처럼 찢어지자

다행히 날 수 있게 되었다고

나는 종종 그렇게 날 수 있었다고

문득 발을 떼고

난간 아래 새하는

일종의 새소리 번역의 기록

그 순서

                —「새의 시집」 부분

서시에 해당할 위의 시에서 이 시집은 "새의 시집"으로 명명된다. "책은 아니지만/새하는 순서"라는 문장에 대해 우선 말해보자. '책'이 언어의 구성체로서의 물질성을 갖는 것이라면 이 시집은 '책 이전'에 있거나 '책 이후'에 있을 것이다. 이 시집이 "새하는 순서"라면 그것은 '새하다'라는 수행적 행위의 '순서', 그러니까 어떤 리듬의 현현이다. "내게서 새가 우는 날의 기록" 혹은 "그런 작은 새가 태어나는 순서" 말이다. '새'는 '내게서' 탄생하는 어떤 것이다. 이 시집은 새의 실체를 재현하는 자리가 아니라, 새가 태어나는 리듬을 드러내는 공간이다. 그 리듬은 "새하는 여자"의 리듬, "여자는 죽어가지만 새는 점점 크는 순서"이다. '새'는 여자로부터 탄생한 것일 수 있지만, '여자'라는 정체성의 범주를 넘어선다. '새소리'의 번역은 불가능한 것이겠지만 이 시집은 그것을 기록하려는 기이한 시도이다.

　　결단코 새하지 않으려다 새하는 내가
　　결단코 이 시집은 책은 아니지만 새라고 말하는 내가

　　이 삶을 뿌리치리라
　　결단코 뿌리치리라

물에서 솟구친 새가 날개를 터는 시집

시방 새의 시집엔 시간의 발자국이 쓴 낙서

세상에서 제일 무거운 연필을 들고
가느다란 새의 발이 남기는 낙서
혹은 낙서 속에서 유서

이 시집은 새가 나에게 속한 줄 알았더니
내가 새에게 속한 것을 알게 되는 순서
그 순서의 뒤늦은 기록

—「새의 시집」부분


　이 시의 후반부에 '새하다'의 비밀은 조금 더 구체적인 것이 된다. 일인칭 주체가 '새하는' 것은 어떤 행위일까? 이를테면 "이 삶을 뿌리치리라"라는 선언. '새하다'라는 행위는 "뿌리치는" 행위와 연관되어 있다. 무엇을 뿌리치는가? 아마도 모든 것과의 결별, 어쩌면 '새'로부터도 '작별'하는 행위가 될 것이다. 이런 행위의 과정 속에서 '나'와 '새'의 관계는 주체와 객체, 혹은 주종의 관계가 아니라, "내가 새에게 속한 것"이 된다. '새'는 '나'의 대상도 객체도 소유도 아니다. '새하기'를 통해 '나'는 '나'를 뿌리친다.

'새하다'라는 수행문은 어떻게 급진성을 갖게 되었는가? 이 수행문은 행위는 있지만 '행위자'는 없다. 젠더가 명사가 아니라 동사이며 행위로서 구성되는 가변적인 구성물인 것처럼 말이다. '새하다'는 억압적인 주체를 구성하지 않는 연행성의 층위이다. 그런데 왜 하필 '새'인가? 그것은 새가 가진 일반적인 상징체계를 넘어선다. 새가 자유를 상징한다든가 초월과 혼을 상징한다는 것조차도 중요한 것은 아니다. '새'가 무엇인가는 '새하다'를 통해 가변적으로 구성된다. '새'라는 주체의 동일성이 먼저 주어지고 '새하다'가 성립되는 것이 아니라, '새하다'라는 수행문을 통해 비로소 '새'가 구성된다. 젠더가 그런 것처럼 '새'의 정체성 같은 것은 없다. 그러니 '새'가 무엇인지를 묻는 일은 실패할 수밖에 없고 '실패해야만' 한다. '새하다'는 참과 거짓, 진실과 허구 같은 경계를 넘어서는 수행적인 사건이다.

새가 나를 오린다
햇빛이 그림자를 오리듯

오려낸 자리로
구멍이 들어온다
내가 나간다

새가 나를 오린다
시간이 나를 오리듯

오려낸 자리로
벌어진 입이 들어온다

내가 그 입 밖으로 나갔다가
기형아로 돌아온다

다시 나간다

내가 없는 곳으로 한 걸음
내가 없는 곳으로 한 걸음

새가 나를 오리지 않는다
벽 뒤에서 내가 무한히 대기한다

　　　　　　　　　　　　　　　——「고잉 고잉 곤」 전문


　이 아름다운 시는 '새'와 '나'의 관계에 대한 매혹적
인 이미지를 만들어낸다. 앞의 시에서 "내가 새에게 속
한" 사건의 연장 속에서 "새가 나를 오린다". '오린다'
는 행위는 형태를 탄생시키는 행위, 탄생시키면서 동시
에 구멍을 만드는 행위이다. 이 탄생은 기묘하고 예측

불가능한 상상력으로 전이된다. "오려낸 자리로/벌어진 입이 들어온다" "내가 그 입 밖으로 나갔다가/기형아로 돌아온다"와 같은 기괴한 장면들. 이 장면들 속에 '오린다'의 존재를 탄생시키는 행위는 단지 '주체가 대상을 낳는다'라는 구문으로 요약되지 않는다. '나'는 오려짐을 통해 피동적인 위치에만 있는 것이 아니라, "그 입 밖으로 나갔다가/기형아로 돌아"왔다가 "다시 나"가는 사건의 수행자가 된다. '나'는 오려짐의 존재이지만, 동시에 그 '오려진' 구멍을 통해 "내가 없는 곳으로 한 걸음" 나가는 능동적인 존재가 된다. 그래서 "새가 나를 오리"는 것은 주체와 객체 사이의 행위가 아니라, '나'와 '새'의 경계가 무너지는 무한한 오려짐, 무한한 나아감, 무한한 대기의 사건이다.

> 하이힐을 신은 새 한 마리
> 아스팔트 위를 울면서 간다
>
> 마스카라는 녹아 흐르고
> 밤의 깃털은 무한대 무한대
>
> 그들은 말했다
> 애도는 우리 것
> 너는 더러워서 안 돼

[……]

쓸쓸한 눈빛처럼
공중을 헤매는 새에게
안전은 보장할 수 없다고
들어오면 때리겠다고
제발 떠벌리지 마세요

저 새는 땅에서 내동댕이쳐져
공중에 있답니다

사실 이 소리는 빗소리가 아닙니다
내 하이힐이 아스팔트를 두드리는 소리입니다

오늘 밤 나는
이 화장실밖에는 숨을 곳이 없어요
물이 나오는 곳
수도꼭지에서 흐르는 물소리가
나를 위로해주는 곳
나는 여기서 애도합니다

                              ─「날개 환상통」 부분

"하이힐을 신은 새 한 마리"라는 설정은 '새'의 이미지에 젠더의 뉘앙스를 불어넣는다. 그런데 여기에 '애도'를 둘러싼 싸움이 개입한다. "애도는 우리 것/너는 더러워서 안 돼"라고 말하는 자들은 애도의 권력을 가진 자들이다. 안티고네가 그랬던 것처럼 '애도'의 금지는 첨예하게 정치적인 문제이다. "하이힐을 신은 새"는 그 애도의 권력으로부터 추방당한 존재이다. 애도의 권위를 가진 자들이 '새'의 존재를 쫓아내는 '서울'은 "숨을 곳이 없는" 곳이다. '새'의 추방과 추락을 목격하는 일인칭 화자와 새는 환상통을 겪는 존재들이다. 새는 "겨드랑이가 푸드덕거려 건"고, '새'가 신은 하이힐은 또한 "내 하이힐"이다. 시의 후반부로 가면 '나'와 "하이힐을 신은 새"는 거의 구분되지 않는다. '나-새'는 애도의 권력을 가진 자로부터 추방되어 "이 화장실"에서 은밀하게 애도를 수행한다. '나'와 '새'는 애도의 권력으로부터 추방당한 채 '환상통'을 겪는 존재라는 맥락에서 주체와 대상으로 구분되지 않는다. '나-새'가 서로 구별되지 않는 존재로서 애도하는 행위야말로 애도의 권력을 저격하는 제의적인 장면이다.

　　발목에 묶인 은줄이 빛난다
　　엄마는 태어나자마자 나에게 새장을 입혔지만

발이 푹푹 빠지는 트램펄린 밤

흰 오로라처럼 사라지는 토끼 모양 그림자

트램펄린 밤 속으로 나는 튀어 오른다


누가언제왜어떻게어디서무엇으로는 설명할 수 없는

얼굴과 마주 보고 튀어 오른다

우리 엄마를 낳아서 소녀로 기르고

시집보내고 나를 낳게 하고

이제 할머니를 만들어서

병들어 눕게 한 달빛이 은줄 위에 빛난다

[……]


이 지구는 자전과 공전이라던데

내 치마처럼 훌러덩 돌기만 한다던데

왜 죽어? 왜 죽어?


온몸을 찌르는 잉크처럼 나를 적시는 달빛

이 빛을 다 베면 죽음이 멈출까


새장을 입은 채 나는 싸운다

저 숲과

저 산과

저 밤과

저들을 다 베면 우리 엄마가 살까?

―「바닥이 바닥이 아니야」 부분

이 시의 화자는 태어나자마자 묶인 존재이다. "발목
에 묶인 은줄"과 함께 "엄마는 태어나자마자 나에게 새
장을 입혔"다. 이 묶임과 갇힘이 엄마와 연관되어 있다
는 것은 그것이 젠더의 문제일 수 있음을 충분히 짐작
하게 하지만, 이 시에서 중요한 것은 도약하는 행위 자
체의 리듬과 에너지이다. 트램펄린 위로 튀어 오르는
도약은 도발적이다. "저들과 싸울 거야/저들을 벨 거
야"와 같은 전의가 그 춤에 절망적으로 스며들어 있다.
이 도약의 공격성은 역설적으로 '새장'의 완강함을 환
기시킨다. "매일매일 내 몸을 조여오는/이 새장을 벗지
못하는 나"는 "레이스 커튼이 달린 새장을 입은 새"이
기도 하다. 이 상황은 죽음을 멈출 수 없는 상황, '엄마
의 죽음'이 계속되는 상황이다. 그러면 어떻게 싸울 수
있나? "새장을 입은 채 나는 싸운다"라는 문장은 그 싸
움의 상황을 정확하게 압축한다. 도약은 묶이고 갇힌
'나-새'가 그 "새장을 입은 채 싸우"는 처절한 춤이다.

새와 새가 대화를 나누었다. 나무 위에서 지붕 끝에서
피뢰침을 사이에 두고 대화를 나누었다. 너무 추운 날이

었고 몸은 따뜻한 방 안에서 왠지 울고 있었다. 새의 대화 속엔 몸이 없었다. 몸에서 떨어진 두 손처럼 새 두 마리가 서로를 바라보았다.

새는 이별부터 먼저 시작한다는데, 이별과 이별은 만나서 무슨 얘기를 나눌까. 새는 몸속에서 몹시 떨었던 적이 있다. 파닥거린 적이 있었다고나 할까. 새는 이미 이별부터 시작했으므로 미래가 없다고 했다. 새는 미래를 콕 찍어 먹고, 미래를 콕 찍어 먹고 정겹게 대화를 나누었다.

—「이별부터 먼저 시작했다」 부분

새의 존재 방식은 '이별'의 존재 방식이다. '새'는 떠나는 방식으로 존재한다. 새와 새가 대화한다는 것은 '이별과 이별이 만나서' 얘기하는 것이다. "새는 이미 이별부터 시작했으므로 미래가 없다". 이별부터 시작하는 존재이기 때문에, 새의 현재는 이미 작별하는 현재이다. 새에게 '현재-미래'의 시간 관계는 무의미해진다. 새는 언제나 '가버릴' '가버리는' 새이다.

아빠, 네가 죽은 방에서 나는 새가 된다
갈비뼈가 동그래지고
쉴 새 없이 두리번거리는 새가 된다

차곡차곡 오그라든 풍경들이 책꽂이에 꽂힌 방


마야의 여자가 죽은 남자의 머리통에서 해골을 부수어
내고
가죽만 남은 머리통을 뜨거운 모래 속에서 굽는다
그러자 주먹보다 작게 오그라든
머리통이 모래 속에서 출토된다
머리카락이 길게 붙은 새의 얼굴이다
여자가 남자의 양쪽 귀에 실을 꿰어 가슴에 매단다


나는 문에 구멍을 내고 간밤의 새를 들여다본다


저것의 눈에서 흰자위가 사라지고
검은 눈동자만 남았다


수영장 바닥에 누워 나는 생각한다 내 방에는 새가 있다
털 없는 새끼를 여럿 낳을 수 있는 새가 있다
그렇게 생각하다 보면 갑자기 수영장 바닥에서 커다란
새가 솟구친다
　　　　　　　　　　—「작별의 공동체—새의 일지」 부분


장시 「작별의 공동체」는 '아빠의 죽음'에 관한 시이
면서, 작별의 존재론에 관한 시이기도 하다. 이 치열하


306

고 유장한 리듬 가운데서 '새'는 다시 등장한다. "아빠, 네가 죽은 방에서 나는 새가 된다"라는 문장은 '아빠'와 '나'와 '새'의 관계를 압축한다. '아빠'가 죽은 자리에서 '새'라는 새로운 미지의 존재가 탄생한다. 이 장시의 초반부에 나오는 것처럼 '아빠'의 죽음은 "시작도 없고 마지막도 없고" "여자도 남자도 없고" "아빠도 자식도 없"는 "평평"하고 "무한"한 "그곳"으로 간 사건이다(「작별의 공동체—작별의 신체」). '작별'은 처음부터 이미 시작된 것이었고, '아빠'의 죽음은 그 작별의 신체를 다시 감각하게 한다. 마야의 여자의 장례 관습을 빌린 이미지 속에서 죽은 남자는 주먹보다 작게 오그라들도록 구워져서 "머리카락이 길게 붙은 새의 얼굴"이 된다. 남자는 죽은 후에야 '새의 얼굴'이라는 다른 존재로 변이된다. 그 존재는 "여자가 남자의 양쪽 귀에 실을 꿰어 가슴에 매단다"라는 표현처럼, 이미 남성성의 상징을 갖지 않는다. 이 새는 '나'에게는 일상적으로 출현한다. "수영장 바닥"과 "오토바이 뒷자리"에서 새는 출현하며, "만원 지하철에서" "엘리베이터에서" 새가 되는 사태가 발생한다. 아빠의 죽음은 새의 출현 혹은 '새-되기'의 잠재성을 실현하는 계기가 된다. 모든 신체는 작별의 신체이며, 이 작별은 끝이 아니라 다른 잠재성의 출현이라는 존재론적 사건이다.

왕자는 고뇌하고 공주는 고통한다

왕자는 애도하고 공주는 고통한다

왕자는 정신하고 공주는 신경한다

왕자는 연설하고 공주는 비명한다

왕자의 고뇌는 공주, 공주의 고통은 이름이 없다

왕자는 멜로디하고, 공주는 리듬한다

왕자는 내용하고, 공주는 박자한다

—「리듬의 얼굴」 부분

　작별의 사건은 일종의 리듬이다. 리듬은 내용과 멜로
디에 비해 원초적인 것처럼 보이지만, 리듬이야말로 생
성과 작별의 운동 방식이다. 리듬은 반복에 의해 발생
하고 그 반복은 다른 반복을 통해 변이된다. 위의 시에
서 반복은 리듬을 발생시키지만, 그 리듬은 듣기 편안
한 음악이 아니다. 리듬은 "고뇌"와 "애도"와 "정신"과
"연설"과 "멜로디"와 "내용"의 편에 서 있는 것이 아니
라, "고통"과 "신경"과 "비명"과 "박자"의 편에 속한다.
여기에는 두 가지 층위의 리듬이 있다. 우선 반복을 통
해 양식화되는 리듬은 젠더가 그런 것처럼 정체성을 구
성하는 유형화의 과정이다. 위의 시는 그 과정에 대한
절묘한 시적 재구성이다. 그런데 또 다른 리듬이 꿈틀
거린다. 그 제도화된 리듬의 패러디 혹은 전유를 통해
젠더를 둘러싼 상징질서의 허구성을 폭로하고 타격하

는 다른 리듬이다. 언어에 의해 사회적으로 구성된 젠더 정체성은 리듬을 다르게 수행하는 방식으로 타격되며, 시적 리듬은 제도적인 리듬과 결별한다. '이름 없는 고통'이 만드는 리듬을 둘러싼 이중의 역전이다.

> 리듬이 공주를 공중에 태운 순간
> 멜로디가 죽는다
> 영원히 진행 중인 리듬 비트 벼락
> 번개가 번쩍번쩍 칠 때마다 대천사의 날개가 획획 현현한다
> 원자력 발전소가 죽지 않는 한
> 공주의 두 발이 공중에서 떨어지지 않는다
>
> ――「리듬의 얼굴」 부분

김혜순의 시에서 작별은 리듬으로서의 작별이며, 리듬은 작별하는 리듬이다. "리듬이 공주를 공중에 태운 순간"은 리듬이 멜로디를 죽이고 다른 시간을 도래하게 하는 순간이다. 이 순간은 "대천사의 날개"와 같은 기적이 "현현"하는 순간이기도 하다. "현현"은 진리의 문제도 인식의 문제도 아니다. 현현은 리듬이 데려오는 순간이 그런 것처럼 '사건'이다. 리듬이 만드는 사건은 시간에 대한 구획을 넘어서는 무한의 영역에 진입한다. 리듬은 비유보다 원초적이고 급진적으로 '시적인 것'이

다. 리듬의 세계에서 시는 인식의 문제가 아니라 파동의 사건이다. 감각과 몸의 영역에 작용하는 리듬은 해석도 인식도 필요하지 않다. 김혜순의 리듬은 주체와 객체, 젠더와 상징질서의 구획을 돌파하는 언어의 파동을 통해 '현전'의 미학에 이르는 시적 에너지이다.

> 나는 새 속에서 태어났다고 했다
> 그 반대가 아니라
> 나는 새 속에서 죽었다고 했다
> 그 반대가 아니라
> 내가 태어나서 죽었다고 했다
>
> ──「새의 반복」 부분

"새 속에서 태어"나고 "새 속에서 죽"는 얘기는 "내가 태어나서 죽었다는 그런 흔한 얘기"와 결별하는 "다른 얘기"이다. '새'는 탄생과 죽음이 벌어지는 사건의 공간이고 시간이며, 그 모든 "다른 얘기"를 만들어내는 잠재태이다. 이제 다시 한번 새란 무엇인가를 물어보자. 새는 대문자 새도 아니며, 개별적인 '그 새'도 아니다. 새는 부정관사의 새, '어떤' 새이다. 새는 미지의 것을 가능하게 하고 모든 것과 작별하게 만드는 어떤 새이다. 이를테면 새 속에서 태어난다는 것 혹은 새가 된다는 것은 새의 형상을 닮는 것이 아니다. 더 이상 동물과 여성과 분자 같은 것들이 서로 구분될 수 없는 분화되지도 않은 잠재성의 영역으로 진입하는 것이다. 그런 이유로 '새-하기'는 가장 급진적인 수행의 사건이며, '새-되기'는 가장 뜨거운 생성의 사건이다.

김혜순 시의 급진성은 '비정체성의 정치성'에서 온다고 볼 수 있다. 정치 운동은 대개 그 요구를 주장하는 정치적 주체를 상정하며, 예컨대 '여성 운동'의 경우도 여성의 정치적 주체성을 말할 수 있다. 그러나 정치적 주체의 정체성을 주장하는 것은 한편으로 억압적이다. 행위자의 정체성을 먼저 설정하는 정치 운동은 그 자체로 정치성의 영역과 동력을 제한할 수밖에 없다. 정치적 행위의 과정을 통해 행위자가 구성되고 저 불편한 타자들을 맞이할 수 있다면, 그 정치성은 더욱 첨예하고 급진적인 것이 될 수 있다. 김혜순의 시에서 '새'의 정체성이 주어져 있지 않으면서, '새-하기'가 강력한 정치성을 띨 수 있는 것을 이미 여기서 목격했다. '새'가 '새-하기'의 행위를 통해 구성되기 때문에, 모든 '새'는 변이와 도정의 새이며 시적 잠재성으로서의 새이다.

가장 첨예한 사랑의 유형은 이런 것이다. '당신'이 누군지 감히 규정하지 못하면서 '내'가 누구인지 자신도 모르면서 두려움을 넘어 사랑을 시작할 수 있다면, '사랑하는 행위'가 '나'와 '당신'의 구분을 없앤다고 말이다. 그리고 이것은 우리가 '작별의 신체'임을 받아들이는 일이기도 하다. "시 혹은 새는 혹은 새 혹은 나는 또 혹은 나라고 말하고 싶은 새 혹은 이 시"(「작별의 공동체—찢어발겨진 새」)들은 이 작별의 신체가 만들어낸 놀라운 사건이다. 이 사건 속에서 '새'와 '나'와 '시' 사이에서 주체와 객체의 구분은 날아가버리며, 작별의 리듬만이 이것들을 연동coextension시키는 무한 동력을 만든다. '이별부터 시작하는' 것이야말로 모든 '하기'의 잠재성이다. '새-하기' '동물-하기' '몸-하기' '시-하기' '리듬-하기' '유령-하기' '여성-하기' '김혜순-하기'…… '김혜순-하기'의 층위에서라면, 이 시집 전체가 이미 작별의 신체이며, 작별의 리듬이다. 끝내 '김혜순'의 정체성은 알 수 없으며, '김혜순-하기'의 맥락 속에서 계속 탄생하고 이별하는 '김혜순'만이. ▨